I0567796

LE RETOUR À ORPHALÈSE

Du même auteur

Aux Editions Les Eclosions Asynchrones

Incarnations, *roman, 2011*

Le retour à Orphalèse, *roman, 2016*

La provende des sibylles, *poèmes, 2017*

Sous les murailles Chronophages, *poèmes, à paraître*

Visitez le site des Eclosions Asynchrones :
http ://www.eclosions-editions.com

Sur Facebook :
facebook.com/LesEclosionsAsynchrones

Sur Twitter : @EclosionsAsync

ISBN 978-2-9556679-1-0

PHILIPPE SOUCHET

LE RETOUR À ORPHALÈSE

roman

LES ECLOSIONS ASYNCHRONES

« Ô brume, ma sœur, j'ai beaucoup aimé le monde, et
   le monde m'a aimé,
Tous mes sourires fleurissaient sur ses lèvres,
Et toutes ses larmes brillaient dans mes yeux.
Pourtant, un abîme de silence nous séparait, que le
   monde n'a pas voulu franchir,
Et je ne le pouvais pas davantage.

« Ô brume, ma sœur, ma sœur immortelle,
J'ai fredonné les vieilles chansons à mes petits enfants,
Ils ont écouté, et leurs visages rayonnaient d'admira-
   tion ;
Mais demain, peut-être, ils oublieront les chansons,
Et je ne sais à qui le vent les apportera.
Bien que je n'aie pas composé moi-même ces chansons,
   mon cœur en était ému
Et elles frémissaient un moment sur mes lèvres.

« Ô brume, ma sœur, bien que tout soit désormais passé,
Je suis en paix.
Chanter pour ceux qui étaient déjà nés m'a suffi.
Et bien que le chant ne vînt pas de moi,
Il a exprimé pourtant le plus secret désir de mon cœur. »

Khalil Gibran, Le jardin du Prophète

Avant-propos

ORPHALÈSE est le nom d'une ville, une cité mythique inventée par Khalil Gibran pour servir d'écrin au message du *Prophète*, son œuvre majeure, et de loin la plus connue.

Ce petit texte d'une centaine de pages, à la fois recueil de poésie et initiation mystique, est considéré comme parfait, et son immense succès populaire, ininterrompu depuis sa première publication en 1923, en est la preuve perpétuellement renouvelée. On ne peut nier en effet sa portée spirituelle inégalée dans une œuvre contemporaine, par la beauté de sa langue et l'universalité des thèmes choisis (l'amour, le mariage, les enfants, la liberté, la douleur...).

Au total, vingt-six poèmes, ou cantiques dans l'acception biblique, ou encore chants dans l'acception homérique, car les comparaisons ici sont de cet ordre, qui abordent tous les aspects fondamentaux du dialogue entre l'homme et le divin.

Khalil Gibran qualifiait *Le Prophète* d'« étrange petit livre », car lui-même n'arrivait pas à comprendre la magie qu'il exerçait sur ses lecteurs, malgré les nombreuses années qu'il avait passées à en peaufiner chaque mot et chaque illustration.

Comment oser, et surtout pourquoi, ajouter un iota à ce monument de sagesse ? C'était tout simplement impensable, et l'auteur du présent ouvrage ne s'y est surtout pas essayé. Il lui a cependant semblé que l'on pouvait aborder d'autres thèmes, peut-être plus sombres et plus actuels (la pollution, l'épuisement des ressources) ou tout aussi intemporels (la guerre, la création, l'écriture) en réutilisant la cité de Gibran comme cadre enchanteur.

Pas question non plus d'imiter le style littéraire du poète, langue enluminée et teintée d'archaïsmes, se rapprochant des mots anciens des papyrus et des codex. On préférera ici livrer un récit romanesque, sans doute moins ambitieux, mais plus apte à développer une intrigue. Cet avertissement, plus que nécessaire, étant fait, voici quelques éléments qui ont étayé le travail du rédacteur.

Il a ainsi eu recours à quelques repères connus pour l'aider à bâtir sa réflexion, qui transparaîtront sans doute malgré lui au hasard des pages qui suivent.

La première démarche a été de se laisser guider par le jeu des sonorités. Dans Orphalèse, on peut entendre « Orphée » et « Éphèse », ce qui emmène vers la Grèce antique et la Turquie, non loin du Liban et de la Syrie de Gibran. Le présent récit s'est donc inspiré du contexte agité de l'histoire méditerranéenne, à une époque où, mille ans avant Jésus-Christ, les Grecs envahissaient tous les rivages de la mer, détruisant entre autres la civilisation minoenne en Crète, et établissant de multiples colonies en Asie Mineure. Inspiré seulement, cependant, car il ne s'agit pas là d'un roman historique mais d'une fable, dans un monde aussi imaginaire que celui du « Prophète ».

On peut aussi entendre « or » et « falaises », et voir apparaître une côte rocheuse escarpée, une muraille de craie enflammée par le soleil levant, un navire diminuant la voilure à l'approche du port.

Les images défilent déjà, voilà planté le décor de notre conte !

Une autre idée était de comprendre comment la parole originale d'un prophète messianique peut être déformée ou perdue après sa disparition, malgré la meilleure volonté de ses disciples, qui ne peuvent lutter contre les effets abrasifs du temps et la dissolution de l'intention originelle dans la multitude. De plus, quel impact direct le Prophète a-t-il eu sur ses compagnons les plus proches ? Comment ont-ils partagé et compris son enseignement ? Comment ont-ils survécu à son absence ?

Voilà quelques-unes des questions qui servirent de fil conducteur tout au long de la rédaction de cet ouvrage, marchant toujours dans l'ombre de Gibran et restant fidèle à ses origines libanaises, qui mariaient les cultures chrétienne (maronite) et musulmane (soufie), ce qui dans le contexte actuel revêt une importance toute particulière.

Un nouveau petit livre, donc, qui n'a d'autre ambition que de raconter une belle aventure en explorant un peu plus avant un univers créé par un autre, poète des plus inspirés, fédérateur de deux cultures que l'on considère à tort comme antagonistes.

Cette histoire commence vingt années après la disparition du prophète Almustafa, l'Élu et le Bien-aimé, qui était l'ombre de son propre jour...

3

O Maître, comment leur parlerai-je ? Moi qui étais venu afin qu'ils me parlent de toi, voilà qu'ils me pressent d'entendre ta parole par ma bouche. Ils voudraient que je me souvienne de tout ce que tu disais quand j'étais à tes côtés !

Et que leur dirai-je ? Qu'ai-je retenu de toi ? Comment rendre compte de la compassion dans tes yeux et de la chaleur dans ta voix ? Et comment le filtre du souvenir ne ternirait-il pas ton message ?

Toi qui rendais si simples les concepts les plus ardus, qui trouvais les images que tout le monde comprenait...

Je conçois mieux à présent ton inquiétude, quand tu nous enjoignais de ne pas apprendre tes paroles mot pour mot, mais plutôt d'en capter l'essence, pour mieux la restituer avec notre cœur. Seul le cœur, disais-tu, vous fera traverser toutes les barrières d'incompréhension.

Tu m'as laissé seul, Maître, et j'ai tout oublié.

Première partie

Almitra

CE ne fut que plusieurs minutes après qu'un homme du bord eût crié « Terre ! » que Youssef, debout à la proue du navire, put enfin distinguer la ligne blanche du rivage s'épaissir à l'horizon. Cette apparition tenait du miracle, après plusieurs jours de haute mer qui avaient durement éprouvé ses entrailles. Il se demanda si les marins avaient réellement des yeux exceptionnels, ou si quelque sixième sens s'était développé en eux qui leur faisait ressentir la côte avant même que de la voir.

Toujours est-il que cette bonne nouvelle signifiait la fin de son périple interminable, et qu'il allait enfin pouvoir déposer son sac pour un bon moment, et peut-être même définitivement, si la destination de son voyage correspondait à ses attentes.

Le vieil homme avait la mise des grands voyageurs, ou même des nomades qui ne se connaissent plus aucun port d'attache. Ses longues mèches blanches, recroquevillées et collées par le sel, étaient envoyées de tous côtés par les bourrasques, et sa barbe, laissée sans entretien depuis des années, rongeait un visage recuit, gravé de long en large par tous les chemins parcourus. Pourtant, des prunelles de feu perlaient derrière les sourcils broussailleux, et la vivacité de ses regards dénonçait un optimisme et une énergie invincibles. Il s'approcha du bastingage, comme pour accélérer l'allure du navire et devancer le moment où le but de son voyage sortirait des limbes.

Enfin la cité blanche apparut au détour d'une dernière muraille de craie, offrant brutalement ses splendeurs aux voyageurs stupéfaits. Coincée entre l'océan et la montagne, on sentait tout de suite qu'elle avait lutté pour s'installer en cet endroit incommode. Malvenue, repoussée par les forces de la nature, elle s'était pourtant étendue au fil des siècles, jetant peu à peu, avec pugnacité, ses maisons à l'assaut des contreforts, et ses jetées contre les lames.

Du pont, Youssef pouvait voir de majestueux bâtiments dépasser des autres, envoyant tours et colonnades vers les cieux. Palais, temples, opulentes villas, tours de guet, avaient donné avec le temps une réputation de majesté à Orphalèse, qui s'était répandue bien au-delà du pays.

Orphalèse ! La cité de l'aube, le berceau des origines qui avait hébergé la retraite du Prophète, et accompagné son illumination ; celle dont le grand homme ne parlait qu'avec l'œil humide et un tremblement dans la voix. Le disciple, en venant à son tour dans ce lieu mythique, voulait retrouver les traces du passage de son maître dans les ruelles tortueuses écrasées de soleil. Qu'en resterait-il, plus de vingt années après ? Et dans les collines qui surplombaient les hauts quartiers, au fond de la baie, les cèdres centenaires répétaient-ils encore ses premiers enseignements dispersés par le vent ?

Ayant dépassé la soixantaine depuis un bon moment, Youssef était arrivé à l'âge respectable où le temps s'enfuit plus vite qu'on ne le voudrait. Il avait alors ressenti l'urgence de mettre par écrit la vie et les paroles de l'homme aimé et vénéré entre tous, Almustafa, le Prophète, qu'il avait suivi sur tous les bords de la mer en recueillant chaque mot qui tombait de sa bouche comme une pierre précieuse destinée à embellir l'héritage de l'humanité.

« C'est jour de marché, on dirait, dit un marin en arborant une mine réjouie. Nous allons être accueillis comme des héros, qui reviennent des terres lointaines les bras chargés de présents ! »

L E marché d'Orphalèse était connu pour être l'un des mieux achalandés du pays, et l'on pouvait y trouver des denrées des plus exotiques, apportées de contrées reculées aux noms imprononçables par des caravanes qui bravaient déserts, jungles et montagnes à longueur d'année.

Une fois par semaine, il étendait ses étals aux tentures multicolores sur la majeure partie de la cité, débordant des places dans les grandes artères, s'insinuant dans les rues, puis grimpant à flanc de colline, par les escaliers escarpés, jusque dans les ruelles presque inaccessibles où étaient relégués les vendeurs les moins reluisants.

Une dame au port altier, âgée déjà, marchait avec légèreté dans les allées. Les seules marques sur son visage semblaient avoir été laissées par les rires plutôt que par le temps, tant elle avait l'air gai, et accompagnait chaque mot qu'elle distribuait à l'entour de sourires francs et ouverts.

Elle était la reine de cette place, et tout le monde la connaissait, l'appelait, la hélait, voulait attirer ses pas par mille attentions.

Pastèques, aubergines, pains, poissons, paniers d'olives, poignées d'épices, se tendaient à son approche et ponctuaient son passage d'explosions joyeuses de couleurs, d'odeurs et de mots d'amour.

Elle, déesse aux pieds légers, descendue parmi les hommes pour un court moment, leur accordait son temps.

Elle humait, tâtait, goûtait, appréciait, remerciait et complimentait. Alors la foule de ses admirateurs, qui l'accompagnait partout, ne cessait de grossir, hommes et femmes, jeunes et vieux, marchands et passants. Ils répétaient son nom à l'envi, sur tous les tons, comme une incantation : « Almitra ! Almitra ! ».

Et voilà que le tumulte s'avançait vers Youssef, et que la clameur arriva à ses oreilles. A l'énoncé de ce nom, le disciple s'arrêta au milieu du chemin, et, incrédule, regarda la femme. Elle, à quelques pas maintenant, le vit et se figea. Le silence, soudain, se fit, et la plèbe se demanda qui donc était cet étranger, ce mendiant, qui dérangeait Almitra. La première, elle prit la parole :

« Il y a bien longtemps, j'ai connu un homme qui avait votre mise, vieillard. Il a vécu un moment parmi nous.

– Il y a bien longtemps, répondit Youssef, j'ai connu un homme qui prononçait parfois votre nom, Madame. A chaque fois, il y avait du soleil dans sa voix.

– S'il s'agit du même homme, la lumière sortait de sa bouche à chaque fois qu'il prenait la parole.

– Alors c'est bien d'Almustafa dont nous parlons tous deux, et que j'ai eu la joie d'écouter bien après vous ! »

Un nouveau sourire, plus rayonnant encore, illumina le visage d'Almitra. « Enfin ! » murmura-t-elle. Elle s'approcha du disciple et lui prit la main. En voyant ses nouvelles dispositions vis-à-vis de l'inconnu, les badauds furent rassurés et laissèrent l'étrange couple s'éloigner sans plus de dérangement.

« Frère, j'attends des nouvelles depuis tant d'années ! Comment a-t-il disparu ? A-t-il souffert ?

– J'avoue avoir vécu cette épreuve de loin, et je préfère l'effacer de ma mémoire pour ne conserver que les bons moments que nous avons passés ensemble...

– Que diriez-vous de venir me raconter vos aventures

avec le Maître, un jour prochain ? J'ai tellement hâte de savoir comment se sont déroulées ses dernières années.

– Je le ferai avec grand plaisir, et j'aimerais que vous aussi me parliez de sa jeunesse. Mais je dois d'abord trouver un toit pour dormir cette nuit, et si possible une maison où je pourrais m'installer pendant les semaines à venir...

– Je ne peux rien pour vous, hélas, car nous sommes trois chez moi, et nos murs sont déjà trop étroits. Mais il y a une taverne, par là-bas, vers la porte ouest. Vous y trouverez certainement quelqu'un pour vous aider... »

En guise de remerciement, le vieux se pencha pour lui baiser la main. Elle éclata d'un rire charmant.

« Comment vous trouverai-je ? dit-il en se redressant.

– Donnez mon nom à n'importe qui en ville, et l'on vous indiquera ma maison... »

YOUSSEF arriva devant l'auberge que lui avait indiquée Almitra. Un homme corpulent déchargeait une charrette pleine d'amphores et les portait dans l'établissement. A l'intérieur, les odeurs de cuisine et de vin sautèrent au visage du voyageur, qui se fraya tant bien que mal un chemin au milieu de la foule qui se pressait autour du comptoir. Dans la fumée et le brouhaha des convives, il avisa un coin de table libre, et s'y affala lourdement. Plus rien ne le ferait bouger d'ici avant qu'il n'ait avalé un vrai repas de terrien. Une viande en sauce, peut-être, qui calerait enfin le creux sans fond que les innommables fricots de matelot avaient installé dans sa vieille panse, traversées après traversées.

L'auberge devait être fameuse dans toute la ville, car l'affluence était vraiment étonnante.

Non loin de là, il reconnut le marin qui commandait le navire par lequel il était arrivé. Il tendit l'oreille, tentant de saisir des bribes de la conversation :

« Alors, capitaine, quelles nouvelles du vaste monde ?

– Ma foi, il semble qu'il tourne toujours à l'envers. Plus personne ne se souvient ni quand ni pourquoi cette guerre a commencé, mais je peux vous dire qu'elle n'est pas près de s'achever. A ce que j'ai pu en comprendre, les cités en conflit perdent tour à tour des colonies et des îles, puis les reconquièrent peu de temps après, si bien que les frontières, tout en étant en mouvement perpétuel, sont

17

toujours plus ou moins les mêmes ! En tout cas pour nous, navires marchands, il est préférable de ne pas choisir de camp, car on ne sait jamais dans quelles eaux on navigue... J'ai toujours plusieurs pavillons dans les cales, et mes matelots sont devenus imbattables, en cas d'abordage, pour changer les couleurs à la dernière minute !

– C'est quand même un jeu dangereux, dit l'un des clients à une table voisine. Cela va mal finir, un de ces jours !

– Tu as raison, l'ami, soupira le capitaine. Je suis passé à côté de la mort plus d'une fois, et je ne compte plus les cargaisons perdues. Sans parler des pirates ! Non vraiment, le commerce maritime est devenu impossible de nos jours. D'ailleurs, je ne m'explique pas que votre cité soit restée éloignée des combats durant toutes ces années !

– C'est une guerre pour la maîtrise des mers, dit un troisième larron, tandis que nous faisons nos affaires sur terre. Nos eaux sont éloignées des grandes routes commerciales. Et nous n'avons pas de richesses que les grands de ce monde pourraient convoiter...

– Estimez-vous heureux, lâcha le capitaine avec une moue pleine de doute. J'ai vu bien des villes rasées sans raison, par la simple lubie d'un petit chef capricieux. »

Ses yeux se voilèrent pendant qu'il buvait à gorgées lentes.

« Pourtant, nous voyons parfois de gros navires de guerre passer au large, reprit le premier client. Ils sont remplis de soldats. On peut apercevoir leurs casques et leurs armures rutilant au soleil. Bien malin qui pourrait dire de quel côté ils sont, et où ils vont... Mais jusqu'ici, ils n'ont jamais tourné leur proue vers Orphalèse, Dieu soit loué. »

Le gros homme qui déchargeait les amphores à l'entrée

de l'auberge avait fini sa besogne. Youssef le vit se faire régler son dû par le tavernier, chercher une place libre au milieu de la foule, et afficher un sourire de victoire en regardant dans sa direction. Malgré sa corpulence, il réussit à se faufiler jusqu'au vieux voyageur, et s'assit pesamment à ses côtés, une cruche pleine à la main.

« Je n'ai pas l'habitude de m'imposer, cria le nouveau venu, encore rouge de ses efforts, pour couvrir la cohue ambiante. Mais les jours de marché, on n'a pas trop le choix. Veuillez accepter cette offrande en gage de ma bonne volonté !»

Et il posa bruyamment la cruche sur la table. Comme par magie, deux gobelets apparurent dans son autre main, qui se remplirent avant que Youssef n'ait pu dire quoi que ce fût.

« Je suis marchand de vin, voyez-vous, et voici ma production ; vous m'en direz des nouvelles !»

Les deux hommes trinquèrent sans autre forme de cérémonie, et le vieux sentit vite une douce chaleur inonder ses articulations douloureuses. Le temps file aussi vite que les cruchons quand on est en bonne compagnie, et ils partirent dans des conversations animées et joviales sans voir défiler les heures.

Cette entrée en matière inattendue, cette familiarité instantanée, avaient mis Youssef en confiance, et il se décida à faire part de ses soucis immédiats à son nouvel ami de toujours :

« Je viens d'arriver, par le bateau de ce matin, et je cherche un gîte pour rester en ville un moment. On m'a assuré qu'en m'adressant ici, je trouverais facilement à me loger pour quelques nuits, voire pour plusieurs semaines. Avez-vous des relations susceptibles de m'aider ?

– Trouver facilement, ça m'étonnerait ! La ville est pleine à craquer, et les places sont chères !

– Vous avez bien sûr deviné que, de surcroît, je n'ai pas beaucoup de moyens... »

Le marchand de vin se gratta la tête un moment, puis claqua la langue en faisant une grimace :

« J'aurais bien une vieille bicoque en haut de la falaise, dit-il, une maison de berger abandonnée, mais je vous préviens, elle est loin d'être luxueuse. De plus, ça fait des années que personne ne l'a habitée, et elle doit certainement être dans un triste état.

– Ce n'est pas grave, je n'ai jamais vraiment eu un toit à moi. Ce sera déjà une grande amélioration de ma condition !

– De la route qui mène à la mer, à la sortie de la ville, il y a un petit chemin qui part vers les hauteurs, et qui longe le littoral. Suivez-le pendant une heure, et vous tomberez sur la maison. C'est vraiment très isolé, ça ne vous fait pas peur ?

– Au contraire, ce sera parfait, je ne suis pas très mondain si vous n'aviez pas remarqué... Combien en voulez-vous ?

– Ne vous en faites pas pour ça, elle ne manquera à personne, comme je vous l'ai dit. Attendez plutôt de la voir ! »

Les deux hommes scellèrent leur accord par une franche poignée de mains, et Youssef reprit son baluchon pour entamer la dernière portion de son voyage. Jusqu'à présent, son séjour s'annonçait sous les meilleurs auspices !

PRESSÉ par ses affaires, le marchand de vin n'avait pas le temps d'accompagner le vieux disciple. Il le laissa au bas du sentier qui grimpait à flanc de coteau, en lui disant de s'arrêter à la première maison qu'il trouverait, au sommet de la falaise.

Son bagage était maigre, mais au bout d'une heure de marche malaisée sur des sentes pentues et rocailleuses, il commençait à lui scier l'épaule profondément. Il fut donc heureux de trouver enfin la cabane de berger à l'endroit indiqué.

Lorsqu'il pénétra dans la bicoque, Youssef sut que l'on ne lui avait pas menti, car vraiment son aménagement était des plus simples, et même des plus sévères. Une seule fenêtre, mais qui donnait sur la mer, une maigre paillasse, une table de bois branlante et deux tabourets sur un sol de terre battue, on n'aurait guère pu faire moins ! Cela ne dérangea pas le vieil homme, qui en avait vu d'autres au cours de ses pérégrinations. Au contraire, il entendait bien se consacrer tout entier à son grand œuvre, et ne pas se laisser divertir par les artifices du confort moderne, qui amollissent l'âme et la détournent de ses buts premiers.

Après avoir posé ses quelques affaires sur le grabat, et fait le tour de son nouveau domaine en trois pas, il se tint debout sur le seuil un long moment, admirant le décor grandiose qui s'offrait à lui. Ces hautes falaises désolées et battues par les vents, ces eaux d'émeraude écumant à l'infini, ces oiseaux de mer demandant avec fracas quel était l'intrus venu se perdre parmi eux, tout cela serait sien pendant les mois, et peut-être les années à venir.

La cité était loin, et on ne pouvait la deviner. Le sentier qui l'avait mené jusqu'ici disparaissait au détour d'un relief, et Youssef savait que bien peu l'emprunteraient désormais.

Ici, le vent incessant ne permettait pas aux arbres de s'implanter. Seules quelques touffes d'herbe rêche, jaunes, dures au mal, cuites par le sel et le soleil, s'accrochaient çà et là à même la roche.

Cette solitude aussi seyait au vieux, qui y voyait une atmosphère favorable au travail et à l'introspection. Car c'était à l'intérieur de lui-même, dans son cœur et ses souvenirs, qu'il irait chercher les mots à écrire. Pas dans l'agitation du monde et ses vaines affaires.

Revenu dans la maison, Youssef installa son coin d'étude. Il poussa la table sous la fenêtre, afin de profiter de toute la lumière que le jour pourrait lui donner, et déballa son matériel. Deux calames, un grattoir, de l'encre noire pour écrire, rouge pour corriger, et une liasse de feuillets. Il serait toujours temps d'en acheter en ville s'ils venaient à manquer. Quand tout fut prêt, il s'assit face à la fenêtre, le calame à la main, et laissa son regard se perdre dans l'azur...

L A prédiction d'Almitra s'était révélée exacte : la première personne qu'avait croisée Youssef avait pu lui
indiquer le chemin de sa maison.

Le visage de la reine du marché s'illumina lorsqu'elle
découvrit qui toquait à sa porte, et le disciple fut convié à
partager un modeste dîner. Il pénétra dans la demeure sans
se faire prier, et découvrit un intérieur qui, bien qu'empreint d'une grande simplicité, dénotait un goût certain
pour l'harmonie et la beauté. Les meubles, peu nombreux,
avaient des lignes épurées, et partout fleurs et bougies
contentaient les sens.

Dans un coin de la pièce, auprès de l'âtre où un feu
devait être entretenu tout au long de l'année, un vieux
corps était recroquevillé dans un fauteuil de bois, entre
deux accoudoirs trop hauts. Une femme gisait là, blanche
et torturée comme les falaises, ses yeux délavés par les
ans fixant obstinément la flamme. La fente mince de sa
bouche sans lèvres s'animait à peine, laissant échapper
une plainte, un grondement imperceptible, qui ne finissait
jamais.

« Qui est-ce ? demanda Youssef.

– La mère de mon mari, Nedjma, répondit Almitra.
Elle a vécu bien des drames au cours de sa longue vie, si
bien qu'un jour sa raison est restée prisonnière dans un
recoin de son esprit, dont nous n'avons jamais retrouvé la

23

clé.

– Vous êtes donc mariée ? J'avais cru comprendre, aux dires d'Almustafa, que cela n'arriverait jamais ! »
sourit Youssef.

La boutade ne fit pas rire son hôte.

« C'est là l'une des épreuves que nous avons vécues ensemble, dit-elle. Adel, mon époux, était pêcheur. Comme son père avant lui, et le père de son père, et ainsi aussi loin que la mémoire des hommes peut aller. Et comme son père avant lui, voici sept ans, il est mort en mer, pendant une campagne plus longue et plus tardive qu'à l'accoutumée. »

Une longue plainte lugubre s'éleva du fauteuil. Sans que l'on s'en doute, la vieille Nedjma ne perdait rien des conversations sous son toit, et le récit d'Almitra avait réveillé la douleur d'une mère et d'une épouse qui, depuis longtemps, et jusqu'à son dernier souffle, resterait enfermée dans ses deuils.

Youssef ne souriait plus. Il n'avait pas imaginé, sous les airs débonnaires et enjoués d'Almitra, qu'elle et sa famille avaient traversé tant de souffrances.

La plainte de Nedjma se transforma bientôt en un discours intelligible :

« Ainsi en va-t-il de nos tristes existences : nos hommes vont sur les flots lointains affronter des dangers de toutes sortes pendant que nous, pauvres femmes de marins, nous les mères, nous les épouses, ne pouvons qu'attendre à terre notre destin inéluctable. Comment pourrions-nous lutter contre cette sinistre magicienne, qui utilise ses courants comme des filets pour les arracher à nos bras aimants ? Elle leur fait miroiter des trésors inimaginables, la richesse à portée de main, des terres lointaines gorgées d'aventure et de filles faciles, mais ce n'est qu'une sirène, qui use de ses sortilèges pour les aveugler et les transformer en jouets de ses sombres desseins. Bien peu reviennent de ces longs voyages, où ils ne trouvent le plus souvent que désillusion, maladies et naufrages. La mort ! La mort encore et toujours, par la noyade ou par l'épée, par le scorbut ou la vérole... Les rares qui reviennent sont comme possédés, et roulent des yeux de fous en tanguant sur les quais comme les âmes à la dérive qu'ils sont devenus. Malheur aux épouses de ces hommes perdus, de ces fantômes qui ne rêvent que de repartir sans un regard en arrière, dès que le vent tourne et que la marée les appelle. Maudite sois-tu, nécrophage, grande catin qui a mis la folie dans le cœur de mes hommes et me les a arrachés ! Ou plutôt, maudites soyons-nous, nous pauvres femmes, qui restons impuissantes contre toi. En vérité, les amants de la mer sont perdus à jamais...»

Le disciple jeta un œil interrogateur à son hôte. Almitra lui sourit :

« C'est un refrain qu'elle nous égrène régulièrement, l'un des rares que l'on comprenne encore. Je la laisse dire, cela lui fait du bien, je crois...

– Elle n'a pas forcément tort !

– Peut-être... Les marins ont toujours vécu ainsi, et le feront toujours. Nous l'acceptons tous. En tout cas, j'espère que le mal qui la ronge lui laisse un peu de répit lorsqu'elle l'exprime ainsi.»

Un silence gêné s'installa, qui dura plusieurs minutes. Almitra resservit du vin pour se donner de la contenance, mais n'osait pas poser les questions qui lui brûlaient les lèvres. Au final, elle ne connaissait rien de l'homme qu'elle avait invité chez elle, que quiconque aurait considéré comme un vagabond à la mise douteuse, à éviter absolument. Elle avait agi sans réfléchir, poussée par sa soif d'en savoir plus sur Almustafa, et spécialement sur ses derniers moments, et peut-être était-ce une folie...

A son grand soulagement, ce fut Youssef qui aborda le sujet le premier :

« Vous étiez très proche du prophète, n'est-ce pas ? demanda-t-il.

– Oui, au temps où il vivait à Orphalèse il n'avait pas beaucoup d'amis. De vrais amis, je veux dire. Et je crois que je faisais partie de ceux-là.

– Il a toujours été à part des hommes ; les connaissances auxquelles il avait accès le rendaient solitaire. Il était comme un aigle qui plane au-dessus de la banalité des affaires humaines, qui ne l'effleuraient même pas.

– Étiez-vous présent lorsqu'il s'est fait arrêter ? Comment cela s'est-il passé ? Nous n'avons eu que peu d'échos ici, où on le présentait comme le pire des criminels.

– Au moment du drame, sa réputation avait tellement grandi qu'elle le précédait partout où nous allions. Les populations qui venaient l'écouter se déplaçaient désormais en foules, toujours plus denses, et nous étions souvent accueillis par des scènes de liesse dans les bourgades où nous nous arrêtions.

« Nous nous sommes vite aperçus que, au-delà de ses enseignements, des guérisons et des miracles qui, inventés pour certains d'entre eux, forgeaient sa légende, il représentait un espoir de libération et de paix pour les régions asservies et dévorées par la guerre que nous traversions parfois.

« Certaines de ses paraboles, répétées et déformées par des centaines de bouches, mal comprises, faisaient de lui un résistant aux armées d'occupation, un libérateur en tournée triomphale pour soulever le peuple et l'inciter à prendre les armes. Son destin, dès lors, était scellé, et il ne manquait plus qu'une étincelle pour qu'il se fasse arrêter.

« Le jour où les soldats l'ont pris, j'étais en visite chez un membre de ma famille. Quand je suis revenu dans la ville où notre groupe avait fait halte, ils l'avaient déjà condamné, et ils l'emmenaient sur le lieu de son exécution. Ils l'avaient accusé de semer le trouble dans la population, de propager des idées de révolte et de fomenter des attentats contre l'envahisseur. Il représentait une menace pour le pouvoir en place, vous imaginez ?

« Sur le chemin qui le menait à sa mort par lapidation, nos regards se sont croisés. J'avais réussi à me glisser au premier rang, pour lui parler une dernière fois, le soutenir... Il m'a souri, mon Dieu, il m'a souri... Comment a-t-il pu ?

– On ne vous a pas inquiété ? Personne ne vous a reconnu comme étant l'un de ses disciples ? »

Le vieux se tordait les mains, et ses lèvres tremblaient.

« Je l'ai renié, avoua-t-il à mi-voix. J'étais mort de peur, et j'ai renié le Maître, au moment où il avait le plus besoin de moi. Plusieurs fois, les soldats m'ont questionné. Des gens m'ont pointé du doigt, mais je me suis caché, j'ai fui, comme tous les autres. J'aurais dû être fier de nos idées, bomber le torse et mourir à ses côtés, ce jour-là ; mais non, je suis trop lâche. Je suis indigne de tout l'amour qu'il nous a donné. Et je ne suis pas le seul : aucun des disciples ne s'est levé pour le défendre et le protéger. Nous nous sommes tous terrés comme des rats, attendant que la mort regarde ailleurs. En vérité, tous les enseignements du Bien-Aimé s'étaient brusquement volatilisés, et n'avaient servi à rien... »

Il enfouit son visage dans ses doigts gourds, pour dissimuler son émotion et sa honte.

La porte d'entrée s'ouvrit alors en coup de vent, et un garçonnet fit irruption dans la maison. Il était très jeune encore, une douzaine d'années sans doute, mais son visage mutin, ses cheveux noirs en bataille et ses grands yeux rieurs le rendaient attachant au premier regard. Ses expressions, ses mouvements vifs, tout en lui pétillait d'intelligence.

« Je vous présente mon fils unique, Mustapha. » dit Almitra.

Youssef essuya prestement ses yeux mouillés d'un revers de manche.

« Tiens, je crois deviner d'où vient ce prénom ! » dit-il en retrouvant le sourire. Il tendit sa main à l'enfant, qui la secoua vigoureusement en découvrant un espace entre ses dents de devant.

Almitra baissa les yeux en rougissant :

« C'est vrai... je ne pouvais pas faire autrement ! »

Elle couvait sa progéniture d'un regard plein de fierté et de tendresse.

« Vous venez de loin, on dirait, dit Mustapha.

– Si fait, mon jeune ami, de l'autre côté de la mer.

– Et vous comptez rester longtemps ?

– Ma foi, je n'en sais rien encore, mais c'est bien possible : je me fais vieux, et suis fatigué de courir le monde. M'accepterais-tu dans ta cité ? »

Le vieux prit un air de défi, pendant que l'enfant faisait mine de réfléchir :

« Il faudra vous tenir à carreau, on n'aime pas les fauteurs de trouble, par ici, dit finalement Mustapha en croisant les bras, comme s'il représentait l'autorité suprême d'Orphalèse.

– Allons, quel danger un vieillard comme moi pourrait-il bien représenter ? » dit Youssef d'une voix doucereuse.

Mustapha fit encore la moue un instant.

« Ça ira... Mais je vous aurai à l'œil ! » admit-il enfin, en pointant un index menaçant.

Le vieil homme et l'enfant se serrèrent la main pour sceller leur accord, tout en échangeant un regard complice.

Almitra se leva et saisit son fils par le bras :
« Arrête de faire l'imbécile, et file au lit, je veux que tu ailles à l'école demain, pour une fois ! »

Le garçon s'exécuta de mauvaise grâce, et alla se coucher dans une pièce à côté, non sans saisir un fruit sur la table, qui lui tiendrait sans doute lieu de dîner.

« Il me rend folle à rentrer aussi tard. Il n'en fait qu'à sa tête. Depuis que son père n'est plus là, je n'ai aucune autorité sur lui, et il grandit comme une mauvaise herbe !

– Je ne me fais pas de souci pour lui, il me paraît très intelligent et il s'en sortira toujours.

– Je l'espère, mais pour l'instant il met sa malice au service de mauvais coups et de bêtises, et j'ai peur de ses fréquentations quand il passe ses journées dans la rue... »

La mère inquiète se rassit à la table en soupirant :
« Les mille préoccupations de la vie quotidienne m'étouffent parfois, et j'ai l'impression d'être ramenée au sol dès que j'essaie de m'envoler en esprit. Reparlons plutôt de vous et d'Almustafa, voulez-vous ? Cela faisait-il longtemps que vous le suiviez ? Comment vous étiez-vous rencontrés ? »

Alors que Youssef ouvrait la bouche pour raconter son histoire, la vieille Nedjma commença à s'agiter dans son fauteuil, et à grogner plus que d'ordinaire.

« Levez-vous, femmes, cria-t-elle, et reprenez le monde des mains des hommes, qui l'ont mené à l'errance et au chaos ! »

Almitra eut un sourire pincé.

« Quand elle en est là de son discours, c'est qu'elle nous fait gentiment savoir que nous l'importunons, expliqua-t-elle.

– C'est bien aimable à elle, soupira Youssef.

– C'est qu'elle a ses habitudes, et il est bien tard. Il faut que je lui fasse ses soins, et que je la couche. Et elle se réveille tôt, la coquine !

– C'est un lourd fardeau dont vous vous chargez là... Depuis combien de temps cela dure-t-il ?

– Je ne sais plus, réfléchit Almitra, quelques années... Et ce n'est pas fini, je le crains !»

Elle eut un sourire.

«Mais ce n'est pas grave, c'est ce qu'Adel aurait voulu. Je sais que là où il est, il est fier de moi.

– C'est un sacrifice terrible, constata le disciple. Vous semblez aimée de tous, vous pourriez refaire votre vie...

– Cela me paraît difficile. De toute façon, qui voudrait d'une vieille comme moi, et avec un enfant, de surcroît ? D'ailleurs, mon fils peut m'être utile : il pourrait garder Nedjma un jour prochain, pendant que j'irais déjeuner chez vous, par exemple ! Vous pourriez ainsi, tout à loisir, me conter vos aventures extraordinaires, et tout ce que je ne connais pas de la vie du Maître !»

Désarçonné par la soudaineté de cette invitation à l'envers, Youssef ne sut d'abord que répondre, puis accepta avec joie.

Cette nuit-là, ce fut avec un cœur inhabituellement léger qu'il gravit le long raidillon qui le ramenait chez lui dans l'obscurité.

R ECEVOIR Almitra chez lui n'aurait pas dû émouvoir
Youssef à ce point. Non seulement il n'y avait eu
aucun sous-entendu dans cette proposition, mais deux personnes de leurs âges, qui ont fait plusieurs fois le tour
de l'existence, ne tombent pas en pâmoison à l'idée d'un
déjeuner en tête-à-tête.

Cependant, le vieux avait perdu l'habitude de ce genre
d'exercice. Après avoir marché de par le monde pendant
des années la besace en bandoulière, quémandant sa pi-
tance auprès des bonnes âmes de rencontre en échange
d'une belle histoire ou d'un peu de travail, il ne savait plus
comment on traite une dame.

Mettre en ordre la petite pièce ne lui prit pas longtemps,
mais lui permit de faire un constat alarmant. A supposer
qu'on ait quelque chose à manger à donner à la dame,
encore faudrait-il qu'on ait un plat, des couverts, pour
qu'elle puisse y goûter ! Or, de vaisselle point, hormis
l'écuelle de nomade que le disciple avait emportée partout,
et qui n'était plus guère présentable de toute façon.

Il prit son courage à deux mains et se décida donc à
emprunter le chemin qui descendait vers Orphalèse. Une
fois dans le centre, il interrogea de nombreux passants,
en quête d'une boutique qui répondrait à ses désirs. On
finit par lui indiquer, dans une ruelle pentue non loin du
port, l'adresse d'un potier dont on était sûr qu'il pourrait
le satisfaire. En effet, l'échoppe était pleine d'objets de

toutes formes et de toutes tailles, qui s'entassaient du sol au plafond, et débordaient jusque dans la rue, où ils se serraient de chaque côté de l'entrée, le long de la façade. Pêle-mêle, on trouvait là gobelets et cratères, assiettes et plats, vases et coupes, amphores et flacons. Tous étaient finement décorés, à l'aide de techniques diverses, mais toujours révélaient un artiste à la maîtrise et à l'inspiration des plus élevées. Scènes de la vie quotidienne, animaux fantasmagoriques et fabuleux, combat de héros mythiques, allégories pédagogiques, exploits sportifs, défilaient ainsi sous les regards émerveillés des passants, et de Youssef en particulier. Le disciple entra dans la boutique sans même plus penser à la maigre vaisselle qu'il désirait acheter, mais pour rencontrer l'auteur génial de tant de chefs-d'œuvres.

A sa grande surprise, il découvrit une jeune femme, assise derrière son tour, dont les mains effilées étaient plongées dans la terre grise et ruisselante. La femme salua son visiteur d'un hochement de tête sobre, sans dire un mot. Elle maintenait avec obstination ses yeux levés vers le ciel, comme sous le coup d'une intense inspiration, et il fallut plusieurs minutes à Youssef pour comprendre qu'ils étaient anormalement clairs. La modeleuse était aveugle !

Elle acquiesça avec un sourire quand le disciple lui demanda s'il pouvait rester un peu pour la regarder travailler. Fasciné par la précision des gestes de l'artiste, Youssef s'assit donc sur le sol de terre battue, bercé par le battement régulier de la pédale qui actionnait le tour. Les doigts graciles s'enfonçaient sans hésiter dans la glaise, qui s'ouvrait soudain en corolle, ou montait en une colonnade fantasmagorique, comme par magie.

La céramiste n'était pas belle à proprement parler, mais il émanait d'elle une telle grâce que le voyageur ne pouvait en détacher son regard. La proximité d'un four de cuisson rendait la chaleur dans l'atelier étouffante, et l'obligeait à travailler en tenue très légère. Elle enserrait le tour entre ses jambes nues, si bien que l'on eût dit que ses créations étaient comme des enfants qui provenaient littéralement de son ventre, maternelle magicienne aux pouvoirs extraordinaires.

Devant l'évident symbolisme de cette scène, et la beauté incroyable des pièces qui sortaient devant lui de la matière informe, Youssef cru entendre le Prophète lui murmurer un enseignement à l'oreille :

« L'artiste est un traducteur de mondes. Sa sensibilité exacerbée lui donne accès à des dimensions dont le commun des mortels n'imagine même pas l'existence. Il en rapporte des sensations, des images, des sons, qu'il tente de retranscrire au mieux par son art, pour que ses semblables puissent en bénéficier.

« C'est là que le travail et la pratique de l'outil interviennent. Que ce soit par la terre glaise, le pinceau ou la flûte, l'artiste est confronté à la résistance de la matière, à sa lourdeur, à sa lenteur. Il a à sa disposition des instruments qu'il doit dompter pour restituer son émotion de la façon la plus proche de l'étincelle originelle qu'il a ressentie dans son âme. C'est dans ce passage de l'inspiration à l'œuvre que se joue la vie de l'artiste. C'est sa maîtrise du médium et du geste qui lui permettra, peu à peu, année après année, de réduire la différence entre le résultat de son travail et sa première vision intuitive.

« Il se crée alors comme un canal qui relie son esprit et sa main, qu'il mettra toute son existence à purifier, afin d'éliminer autant que faire se peut le filtre déformant du mental.

« Le maître est celui dont la main est commandée directement par la vision, la fulgurance. Dans sa phase créatrice, il entre alors véritablement dans un état de transe, et ses sens sont coupés du monde extérieur. Il ne s'arrêtera, épuisé mais comblé, que lorsque l'œuvre se tiendra devant lui, parfaite dans son achèvement, sortie par lui du néant, telle qu'il l'avait rêvée.

« On appellera alors « génie » un maître doté par la nature d'une plus grande mémoire, ou d'une plus grande facilité d'apprentissage, et qui a ainsi réduit au minimum la période de domestication de l'instrument par sa main, de purification de son canal créatif. Le temps ainsi gagné lui permet d'aller plus vite et plus loin vers la perfection de sa création. Il s'élève d'un degré au-dessus des hommes, sur l'échelle infinie qui mène à la divinité. Car Dieu est le premier des artistes, dont l'œuvre est en perpétuelle élaboration... »

Le crissement d'un meuble que l'on déplace, dans la pièce adjacente, sortit le vieil homme de sa méditation. Poussé par la curiosité, et sans faire de bruit, il passa la tête derrière le rideau qui séparait les deux parties de l'échoppe.

Il découvrit là un pauvre être difforme, rampant sur le sol à cause de membres atrophiés. Ses mains aussi étaient touchées par le mal, et elles semblaient définitivement crispées, tordues et bloquées en un angle qui les rendait inutilisables.

Sa figure, cependant, était des plus avenantes, et la ressemblance avec la modeleuse était étonnante : des jumeaux, sans doute. L'infirme salua son visiteur d'un sourire éclatant, et se remit à son ouvrage :

Cette partie de l'atelier était bel et bien son domaine. Tout avait été placé à sa hauteur, et c'était une palette inimaginable de couleurs qui s'étalait là.

« Je peux faire quelque chose pour vous ? demanda le jeune homme.

– Ma foi, je reste simplement bouche bée devant la

qualité de vos productions, répondit Youssef. Je peux vous regarder travailler ?

– Bien sûr, les clients le font souvent, même si beaucoup d'entre eux viennent surtout pour admirer ma sœur, Alhéna. Ils croient qu'elle ne les voit pas, mais elle est sensible à bien d'autres choses, beaucoup plus subtiles, et elle sait tout ce qui se passe ! D'ailleurs quelque chose me dit que ça ne lui déplaît pas, bien que sa timidité la rende avare de mots.

– Il est vrai qu'elle est charmante, mais mon âge avancé m'oblige moi aussi à m'intéresser à des choses plus subtiles ! Ce sont de véritables œuvres d'art qui sortent de votre atelier, et je pourrais les contempler pendant des heures...

– Nous avons acquis une certaine notoriété, en effet, et les objets estampillés « Alhéna et Munir » se vendent de mieux en mieux, et de plus en plus loin ! Nombreux sont les navires et les caravanes qui transportent nos collections aux quatre coins du monde, et nous avons parfois des commandes très exotiques.

– J'en suis heureux pour vous, ce n'est que justice. »

Munir saisit un vase qu'Alhéna avait terminé quelques heures auparavant, et le cala adroitement contre lui. Puis il plongea un chalumeau dans un godet de couleur, et se mit à souffler sur la surface de terre vierge, qui avait blanchi en séchant. En quelques minutes, un navire apparut, les voiles gonflées, prêt à appareiller vers des rivages légendaires.

Voir ce couple de jumeaux travailler ensemble sur les mêmes créations, exploitant au mieux leurs talents respectifs en faisant fi des handicaps que la nature leur avait imposés, était une véritable leçon de vie pour le disciple. Bien plus, c'était une vision symbolique de la marche de l'univers telle qu'Almustafa avait tenté de lui expliquer, avec des concepts qu'il avait eu bien du mal à saisir :

« Deux grandes forces ont présidé à la création du monde, lors de l'explosion primale qui transforma l'incréé en créé, l'obscurité en lumière, le néant en matière. On peut les nommer « Volonté » et « Désir », ou « Mouvement » et « Attraction », ou encore, tout simplement, « Mâle » et « Femelle ».

« Ces deux forces, issues de la Conscience Divine, sont à la fois inconciliables et indissociables, et ce sont les énormes tensions entre elles, nées de la volonté et du désir de création de la Source de l'Être, qui ont provoqué l'explosion initiale.

« La première représente la composante mâle de l'univers, le mouvement, la volonté, le clair, le chaud, l'actif, le feu. Elle provoque le changement, la conquête, l'aventure, la décision.

« La deuxième, la composante femelle, représente l'immobilité, le désir, le sombre, le froid, le passif, l'eau. Elle provoque l'attente, la nidification, la maturation, la réflexion.

« On voit à quel point elles sont complémentaires et nécessaires à la vie sous toutes ses formes, et comment on peut appliquer leurs principes à tout ce qui existe dans la Création. »

En voyant Munir souffler ses couleurs, Youssef se dit que créer n'était peut-être que cela, un acte à la fois simple et essentiel : insuffler de la beauté dans le chaos. Une autre phrase du Maître s'imposa à son esprit :

« La matière est non seulement indissociable de la conscience, mais elles sont en fait deux formes de la même substance originelle. Lors de l'explosion initiale, ce sont bien des gouttelettes de la Conscience Divine qui ont été soufflées dans la Création, et intimement mélangées à la matière, jusqu'aux plus petites particules qui la composent. En fait, la matière est de la conscience rendue visible. Ainsi, il n'y a pas un degré de complexité de la vie pour lequel on pourrait définir le début de la conscience (le règne végétal ? l'animal ? l'humain ? et pourquoi pas le minéral ?). Toute entité matérielle peut être subdivisée en entités plus petites, qui ont leurs propres niveaux de conscience. Et ce, qu'on aille vers l'infiniment petit ou l'infiniment grand... »

Ce n'est que bien plus tard, enfin rassasié de beauté et de métaphysique, que le disciple se décida à partir, portant un service délicat sous le bras. Son calame réussirait-il à coucher convenablement par écrit des enseignements aussi intangibles ?

DÈS que Youssef fut revenu de la boutique des artistes jumeaux, il déposa ses achats sur sa paillasse et se précipita à sa table de travail pour composer sur le papier les phrases les plus sublimes qu'on pût imaginer. Ce qu'Alhéna et Munir accomplissaient avec la terre, il voulait le réussir avec son encre. Mais alors que son calame flottait en l'air au-dessus de la feuille blanche, le vieil homme fut soudain écrasé par l'étendue de son ignorance. Comment trouve-t-on une sentence digne d'intérêt ? Comment marquer la mémoire des hommes ? Comment assembler des lettres pour qu'elles suscitent des images, et même des émotions ? Comment transmettre son savoir sans être rébarbatif ?

Peut-être, en guise d'introduction, fallait-il commencer son histoire du Prophète par l'enseignement d'Almustafa sur la cérémonie qui consiste à tracer des lignes en conscience sur le papier, c'est-à-dire en chargeant chaque trait d'une signification, et donc d'une action sur le monde. Il disait qu'il y a une sorcellerie qui entoure les mots, et que tracer des caractères chargés de sens est un acte sacré.

Youssef n'en éprouva qu'un vertige plus grand encore. Il revoyait le Maître, assis à même le sol au milieu des disciples, traçant un symbole étrange dans le sable avant de prendre la parole :

« Il existe un lien mystérieux, et pour ainsi dire magique tant il est puissant et inexplicable, qui unit la chose

39

pensée, la chose dite et la chose écrite. Il faut considérer la pensée, la parole et l'écriture comme trois mondes parallèles, trois clefs que l'on actionne successivement, trois étapes qu'un concept doit parcourir impérativement pour passer du subtil à la matière, de l'incréé au créé, de l'inexistant à l'existant.

« Pour qu'un projet, ou une création, prenne corps et se matérialise, il doit quitter la sphère mentale, dans laquelle il a été conçu. Mais avant de parvenir à la sphère matérielle, dans laquelle il sera visible aux yeux de tous, il doit le plus souvent passer par la sphère verbale, qui met l'idée en forme, et commence à la communiquer autour du créateur. La parole peut donc être considérée comme la première étape de la matérialisation d'un concept. Le verbe est le début de la création, l'outil primordial pour transformer la matière en réceptacle de l'idée.

« Ainsi Le Créateur a-t-il prononcé le nom de chaque chose dans l'obscurité froide des origines, et ce simple chant a engendré l'univers. Et vous-mêmes, entendez bien, étiez l'un de Ses rêves, puis un murmure dans Sa bouche, avant d'apparaître en ce monde.

« Combien d'artistes peinent-ils à voir leurs idées se matérialiser parce qu'ils restent silencieux ? S'ils parlaient de leur travail, de leurs projets en gestation autour d'eux, ils mettraient en branle des forces incalculables qui favoriseraient l'avènement de la création en préparant le monde à son existence prochaine ! »

QUELQUES jours plus tard, Youssef commença son enquête pour découvrir ce qui restait du passage du Prophète dans la mémoire des habitants d'Orphalèse. Il décida d'aller au temple, car c'était là que tout avait commencé.

L'entrée du sanctuaire s'ouvrait sur une vaste cour intérieure, entourée de colonnes en pierres grises. Le sol était entièrement recouvert de lourds tapis de brocard chamarrés sur lesquels on marchait pieds nus. Les fidèles aimaient à s'y réunir, avant ou après le culte, et c'était devenu une sorte de forum où l'on abordait les sujets les plus divers, où l'on s'échangeait les nouvelles, et où les plus audacieux pouvaient lancer des controverses publiques.

Ce matin-là, lorsque le vieux disciple y pénétra, le forum était vide, et seul un groupe de jeunes novices, reconnaissables à leur longue tunique blanche et à leur crâne rasé, animait l'espace.

Il était habituel que les aspirants à la prêtrise, entre deux leçons données par un aîné, affûtassent leur rhétorique et leur esprit entre eux, en abordant des points polémiques de la loi. Sur un sujet épineux, le groupe se scindait en deux, chacun fourbissant ses arguments avec plus ou moins de fougue et d'ardeur, jusqu'à ce que le bruit de leur querelle dérangeât suffisamment un de leurs maîtres pour qu'il vienne trancher lui-même le débat d'une sentence sans appel. Les fidèles qui passaient par là étaient autorisés

41

à participer aux débats, et c'est pourquoi personne ne prêta attention à Youssef lorsqu'il s'assit auprès des jeunes pour écouter ce qu'ils disaient.

Après plusieurs minutes de disputes qui ne menaient à rien, il prit la parole :

« D'après vous, comment Almustafa aurait-il abordé ce problème ?»demanda-t-il.

Il voulait savoir si les paroles du Maître étaient encore vivaces auprès des jeunes générations, en particulier celles qui se destinaient à la religion. La réaction qu'il provoqua n'était pas celle attendue, et un grand silence désapprobateur se fit.

« Tu fais sans doute partie de ceux-là qui l'appelaient Prophète !»dit le plus virulent, sans doute le meneur de la bande, avec un ton méprisant. Et ils le considéraient de pied en cap en fronçant le sourcil.

« Certainement, et je ne m'en cache pas.»répondit Youssef, en pensant que la triste mise de ses hardes et ses cheveux hirsutes étaient devenus, avec le temps et les voyages, les signes de ralliement des disciples d'Almustafa.

« Tu ne le portes pas dans ton cœur, dirait-on ?»reprit le vieil homme, devenu le point de mire de tous les regards.

« Ce n'était pas un prophète, mais un prédicateur ! reprit un autre. Un magicien du désert, un illusionniste !

– Ce sont des hommes comme lui qui brouillent le message divin, en emmenant les âmes simples sur de mauvais chemins ! » dit un troisième.

Youssef était éberlué par une telle véhémence, et ne voyait surtout pas ce qui dans le message d'Almustafa, pouvait la provoquer.

« On a dit beaucoup de choses sur lui, si bien qu'il est devenu une légende, dit le premier novice. Depuis qu'il est venu à Orphalèse, tout le monde s'en est entiché. Il a détourné le peuple de la vraie foi, et nos temples se vident. Nos meilleurs prêcheurs sont incapables de les convaincre comme lui, semble-t-il, pouvait le faire. C'était certes un beau parleur, et il ne devait pas manquer de charisme. Mais ses mots doucereux, emplis d'amour et de bons sentiments, il les mettait à son service. Il n'y avait de place pour personne d'autre que lui en son cœur. C'était un orgueilleux, un ambitieux qui se délectait de l'adoration des foules. Je te le dis en vérité, il n'était pas au service de Dieu, mais de sa propre gloire !

– Tu dis que ses paroles n'étaient qu'amour, qu'y a-t-il de mal à cela ?

– Ses mots n'étaient pas en accord avec ses actes. Tu l'as suivi, dis-tu ? Alors que penses-tu de ses soi-disant miracles ? Il guérissait les malades en imposant ses mains sur les plaies, n'est-ce pas ? On dit même qu'il a rendu des trépassés à la vie !

– Si fait, dit Youssef, j'ai assisté à plusieurs de ces guérisons extraordinaires... N'est-ce pas là une preuve de son illumination ? De sa bénédiction par le Créateur pour nous montrer les pouvoirs que nous devrions tous avoir ?

– Ne comprends-tu pas que tout cela n'était que trucage ? De savantes mises en scène pour accroître son pouvoir sur la foule ? Il savait que la plèbe, friande de héros, s'empresserait aussitôt d'amplifier ses paroles et ses actes pour forger sa réputation ! »

Un autre garçon prit le relais :

« Mais au fait, qui était-il avant d'être soudain « illuminé » ? Ne le voyait-on pas souvent traîner dans les tavernes avec la lie de la populace ? Ne fréquentait-il pas des prostituées ? Comment peux-tu croire que la vertu lui soit brusquement tombée sur les épaules, si ce n'est par un odieux calcul lui permettant une vie facile en escroquant les esprits crédules ? »

Youssef, submergé par tant d'idées préconçues et de calomnies, ne sut d'abord que répondre.

« C'est parce qu'il nous connaissait si bien, tenta-t-il, dans tous les aspects de nos vies, qu'il trouvait les images qui parlaient directement à nos cœurs, et que mêmes les illettrés, les pauvres sans éducation, comprenaient son message... Ses enseignements s'affranchissaient de toutes philosophies existantes ; il les dépassait, les rendait obsolètes par leur modernité ; il ouvrait les portes d'une compréhension universelle ! »

A ces mots, les jeunes gens éclatèrent de rire, se donnant des bourrades complices.

« Tu es vieux, conclurent-ils, et nous savons que nous ne pourrons pas te faire changer d'avis. Nous, les jeunes, sommes plus sensés. Jamais nous ne porterions crédit aux paroles d'un mythomane égocentrique... »

Ils se levèrent prestement car leur professeur était entré dans la cour, et disparurent à sa suite en raillant le disciple. Youssef, resté seul, assis au soleil au milieu du forum, passa la main dans sa barbe fournie, perdu dans ses pensées.

« EH bien, mon fils, dit quelqu'un dans son dos, tu parais bien soucieux. Une voix amie pourrait-elle te soulager ? »

Youssef se retourna et découvrit un vieillard chenu, tordu par le poids des ans, qui se soutenait difficilement à l'aide d'une canne. Il devait avoir dépassé les quatre-vingts ans.

« Je suis le plus ancien prêtre d'Orphalèse, dit l'homme. On m'appelle d'ordinaire « le Doyen », ou « le Vénérable ». Certains disent même « le sage », mais rien n'est moins sûr... Toutefois, si tu as besoin de décharger ton âme d'un fardeau, peut-être puis-je t'être utile ? »

Il avait le sourire las de ceux qui en ont vu tant qu'ils n'attendent plus grand-chose.

«J'ai parlé avec un groupe de novices.» dit Youssef.

Le prêtre rit de bon cœur :

« Ils doivent avoir encore beaucoup à apprendre, s'ils t'ont laissé dans cet état !

– Nous n'avons pas la même opinion d'Almustafa.

– Ah ! Encore celui-là. »

Le visage parcheminé se referma.

« Tu l'as connu, je pense ? demanda le vénérable après un moment de réflexion.

– Je l'ai suivi un bon moment, jusqu'à la fin. » répondit Youssef.

Le vieillard hocha la tête, et plissa les yeux pour qu'on

ne puisse y lire de l'envie.

« Almustafa m'a fait comprendre une chose terrible, soupira-t-il. Dieu n'est plus ici... »

Youssef le dévisagea, surpris.

« Chaque jour, les fidèles se font de moins en moins nombreux, reprit le prêtre. Nos célébrations ne sont plus que des farces sinistres. Bientôt, il ne restera que les bigots et les fanatiques pour fréquenter encore nos temples. Je te le dis en vérité, Dieu n'est plus ici : Il est descendu dans la rue. Ton prophète l'avait compris avant nous tous. Il aimait l'humanité, et désirait que l'humanité s'aimât elle-même. C'est pourquoi il allait à la rencontre des hommes et leur parlait de Dieu sur la place du marché. Nous, les gardiens de la loi, nous sommes coupés des réalités de ce monde, et Dieu nous a abandonnés. »

Le disciple gardait le silence, car il n'avait pas imaginé un tel séisme. La voix éraillée continua son monologue, comme pour elle-même :

« Lorsque Almustafa arriva dans cette ville isolée du monde, il n'était qu'un jeune homme ayant soif d'absolu. Lorsqu'il en repartit, il était un homme mûr ayant trouvé une foi si intense qu'il était prêt à ensemencer le monde de ses visions. Et il n'avait accompli ce prodige qu'en douze petites années ! Moi aussi, j'avais à peine plus de vingt ans lorsque je suis venu prendre mon ministère à Orphalèse. Mais contemple ma détresse, ô frère ! Soixante ans plus tard, je commence à peine à comprendre quelques bribes de Sa Parole ! En vérité, je sais maintenant qu'il était un grand Prophète. »

Un long silence marqua cet aveu. Puis la voix reprit, comme teintée d'un vague sourire, cherchant à raviver des images presque effacées :

« Je l'entendais parfois parler sur la place, ou à la sortie des tavernes, car il se mêlait à la foule dans ses plus simples plaisirs. J'aurais dû finir par savoir ce qu'il allait dire, et pourtant il me surprenait à chaque fois. Je le sais maintenant, il n'apprenait rien par cœur, il inventait tout au fur et à mesure, en fonction du contexte et des questions qu'on lui posait. Il cueillait les mots dans l'air autour de lui, comme des fleurs de cerisier que la nature elle-même aurait mis à sa disposition pour lui complaire. Ces mots, il les soufflait ensuite avec douceur sur ses auditeurs subjugués, et je voyais leurs yeux s'agrandir de compréhension, et leurs lèvres sourire d'apaisement. Entends-moi bien, mon frère : je voyais ces esprits simples s'éclairer sous mes yeux, être touchés par une grâce, une connaissance profonde, telle que je n'ai jamais pu en faire naître chez mes ouailles les plus assidues !»

*
* *

Youssef était reparti depuis longtemps, et le ciel commençait déjà à se teinter des ors du couchant quand le Vénérable se retira dans la petite salle d'étude qu'il affectionnait tant, celle qui jouxtait sa chambre et qui comme la plupart des salles du temple, était dénuée de tout confort. Les murs vides, blanchis à la chaux, réverbéraient le soleil qui entrait par de nombreuses ouvertures en matérialisant l'esprit divin censé inspirer les scribes qui passaient leurs journées à recopier la Sainte Parole. La luminosité des lieux, les tapis moelleux, le silence alentour, tout menait au sacré et à l'introspection.

Il déverrouilla un coffre dont lui seul avait la clef et en sortit un gros rouleau de parchemin, qui semblait devoir tomber en poussière au moindre souffle tellement il était usé par les générations qui l'avaient manipulé. Le vieillard porta le rouleau jusqu'à une table, ce qui n'était guère aisé pour lui, car l'objet était lourd et volumineux, puis le déroula un moment jusqu'à tomber sur un passage qu'il jugea intéressant.

Il s'absorba vite dans sa lecture, se balançant imperceptiblement d'avant en arrière, son doigt tordu suivant lentement les lignes tandis que ses lèvres sèches s'agitaient en silence, psalmodiant les mots de Dieu.

Bien sûr, après tant d'années, ses yeux s'étaient abîmés à force de répéter cet exercice jour après jour, et il devinait plus les mots qu'il ne les lisait. Il les connaissait par cœur depuis si longtemps...

Chaque jour, il prenait ce précieux moment pour méditer sur la journée écoulée, prendre conseil de Dieu et de lui-même, s'imprégner encore un peu plus de La Loi, dont il était l'héritier et le passeur. La Loi ! Des commandements impérieux et des chants sublimes, l'histoire de l'humanité, la connaissance la plus sacrée sur les rouages de l'univers, dictés par Dieu à ses prophètes, écrits par Dieu lui-même, peut-être, il y avait de cela des siècles de siècles ! On ne pouvait rien y ajouter, rien en retrancher sans offenser le Créateur et plonger le monde dans le chaos. L'équilibre de la civilisation reposait sur le respect de La Loi, et rien ni personne ne pouvait La remettre en question. En cela, Almustafa avait commis un crime impardonnable, qui avait été puni de mort.

C'est à ce moment que le novice qu'il avait fait appeler pénétra respectueusement dans la pièce, les mains croisées devant lui en signe d'humilité. On n'aurait pas cru en le voyant qu'il avait été l'un des plus féroces railleurs de Youssef pendant la matinée, à peine quelques heures auparavant.

« Un étranger est arrivé dans la cité, dit le vénérable sans préambule.

– Vous voulez parler du disciple d'Almustafa ?

– Oui, l'hérétique, c'est bien cela... Je pense qu'il est dangereux. J'ai entendu parler de lui, c'était l'un de ses plus proches fidèles. Je suis persuadé qu'il est venu pour fomenter des troubles.

– Que pouvons-nous faire, Monseigneur ?

– Faites surveiller cet individu, et prévenez l'édile Zaïn. Dites-lui qu'un prédicateur étranger vient d'arriver en ville, qui pourrait nuire à l'ordre public. Nous sommes le liant de la population, et il est de notre devoir de préserver la paix civile. »

Le retour à Orphalèse

L E lendemain midi, à l'heure dite, Almitra arriva aux abords de la maison de berger. Elle n'eut pas besoin de toquer à la porte, car celle-ci s'ouvrit d'elle-même. Youssef, à la fois anxieux et impatient, sortait régulièrement pour surveiller le chemin.

Le temps était étonnamment calme pour ces hauteurs, et le ciel dégagé laissait entrevoir un après-midi plus clément qu'à l'ordinaire.

« Vous vivez décidément au bout du monde, dit la dame en cherchant à reprendre son souffle.

– C'est vrai qu'à mon âge, ce chemin est une épreuve, répondit Youssef en la faisant entrer. Mais je compte que cet exercice répété de temps à autre me maintiendra en bonne forme ! Il a en outre l'avantage de tenir au loin les fâcheux, ce qui n'est pas négligeable !

– Vous ne me comptez pas au nombre de ceux-là, je l'espère ? sourit-elle.

– Bien au contraire, Madame : recevoir la reine du marché d'Orphalèse est le plus grand des honneurs ! » dit le disciple en esquissant une révérence.

Ils s'installèrent de part et d'autre de la petite écritoire qui trônait là, transformée en table de banquet pour l'occasion, mais qui, une fois recouverte des deux assiettes et des deux gobelets de terre acquis récemment, ne laissait plus assez de place pour poser les plats !

La noble invitée complimenta Youssef sur la beauté

de sa vaisselle, et la propreté de son modeste intérieur, pendant que le vieux débouchait un cruchon de vin rouge épais et parfumé et en remplissait les coupes.

« Je vous ai ouvert mon cœur, l'autre soir, et raconté une partie de ma vie, dit-il en reposant le cruchon au pied de la table. A votre tour, à présent : parlez-moi de vous et du Bien-Aimé. Comment votre amitié est-elle née ?

– Comme vous, j'ai rencontré Almustafa le jour de son arrivée, et la première, je crois, j'ai décelé dans ce tout jeune homme une flamme, une soif de vérité et d'absolu qui ne s'est jamais démentie par la suite. J'avais alors un pouvoir étrange, qui m'avait valu d'entrer au temple, et c'est sur ses marches que je l'ai rencontré, fraîchement débarqué, en provenance de son île natale.

– Un «pouvoir étrange», dites-vous ? Voilà qui pique ma curiosité ! De quoi s'agissait-il ? Et auriez-vous perdu ce pouvoir ?

– J'étais, et je suis encore dans une moindre mesure, douée de clairvoyance : je pressens et vois des choses inaccessibles au commun des mortels. J'entends la voix des défunts, je connais l'histoire d'un objet que je tiens dans la main, j'anticipe l'arrivée d'une maladie bien avant les premiers symptômes... Autant de dons qui faisaient que j'occupais une place à part dans la société d'Orphalèse. Même les prêtres du temple m'avaient réservé une salle dans le sanctuaire afin que le peuple vienne me consulter.

– Incroyable ! Vous étiez vous-même une sorte de pro-phétesse, alors ! Pas étonnant que vous vous soyez enten-due avec le Maître... Mais je suis surpris que les prêtres vous aient accueillie parmi eux de cette façon. Ils auraient pu vous condamner pour sorcellerie !

– Je sortais à peine de l'enfance, et cela n'a pas été facile au début. Mais j'avais guéri plusieurs d'entre eux, qui venaient me voir en secret, et je leur avais annoncé de nombreux événements qui se sont avérés exacts par la suite. Comme mes bonnes intentions n'ont jamais été prises en défaut, que je ne remettais pas La Loi en question, ils ont conclu que c'était Dieu qui œuvrait à travers moi, et ils m'ont considérée comme l'une des leurs. Au fil des années, je suis devenue «la voyante» du temple, celle que l'on venait consulter pour se faire expliquer les arcanes invisibles du monde, celle qui donnait les réponses divines aux angoisses existentielles des habitants d'Orphalèse.

– C'est passionnant! J'ignorais tout de votre passé, Almustafa n'en avait jamais parlé. Est-ce votre don qui vous a aidé à déceler en lui ce qu'il allait devenir?

– Peut-être, je ne sais pas. J'ai immédiatement ressenti une affinité particulière, très forte, entre nos deux âmes. Comme deux vieilles connaissances qui se retrouvent après une longue séparation. Durant les douze années qui ont suivi, nous avons entretenu une amitié privilégiée, où nous ne nous dissimulions rien de nos questionnements et de nos évolutions respectives. Je peux dire que j'ai été l'une de ses rares amies, car son attitude distante était mal comprise par les gens d'ici. Comme il préférait la solitude, comme il passait son temps loin de la ville, sur les hauteurs et dans la forêt, on le prenait pour un misanthrope, un orgueilleux ou un marginal...

– C'est un sentiment que je connais bien!

– Ce n'est qu'au moment de son départ, finalement, que tout le monde s'est rendu compte de la place importante qu'il occupait dans la communauté, et ses dernières paroles aux habitants, juste avant de monter dans le bateau qui l'emmenait loin de nous, furent les plus belles qu'il nous dît jamais.

– Votre vie d'alors ne ressemblait pas du tout à celle d'aujourd'hui... Vous ne faites plus partie du temple, que s'est-il passé?

– Le départ d'Almustafa a été un plus grand traumatisme que je l'aurais cru. Avant de partir, il nous a enseigné sur l'amour, le mariage, les enfants, toutes ces choses qui font la vie d'une femme et auxquelles je n'avais jamais vraiment prêté attention, car je m'étais entièrement dévolue à ma mission. Voilà que, en l'écoutant parler, et sur le point de le perdre sans doute à jamais, cela me manqua soudain, et je me mis à sentir un grand vide au fond de moi.

« Les années qui suivirent me parurent longues et insipides. Je ne savais plus comment mener ma vie, je me sentais inutile et perdue. La vision du monde et de Dieu professée par les prêtres me paraissait limitée, étriquée et sclérosée depuis que j'avais entrevu la lumière dans les enseignements du Maître. Les journées au temple ne m'apportaient plus aucune joie, mais je n'osais pas quitter mon service.

« Un jour pourtant, c'est là que je rencontrai Adel. Il était venu prier pour son père, qui avait disparu en mer. Nous tombâmes amoureux l'un de l'autre, et je quittai tout pour aller vivre avec lui. Bientôt, alors que je pensais mon temps écoulé, nous fûmes bénis par l'arrivée d'un fils, que vous connaissez. »

Youssef resservit un peu de vin à son hôte :

« Et votre clairvoyance, qu'est-elle devenue ?

– Je ne l'utilise pratiquement plus. Parfois, on vient me consulter chez moi, et je rends quelques services, mais je n'en fais pas commerce. »

Almitra avait terminé son histoire, et elle but quelques gorgées pour humecter ses lèvres, asséchées d'avoir tant parlé.

« Je me suis livrée plus que je le pensais, dit-elle au disciple, mais c'est à vous, maintenant. Répondez à ma curiosité, demeurée insatisfaite depuis que Nedjma nous a interrompus : comment avez-vous rencontré le Maître ? »

L E voyageur, à son tour, vida sa coupe avant d'entamer son récit :

« La foule des gens qui le suivaient était déjà nombreuse quand Almustafa s'arrêta dans la ville de Pyrimar, où j'habitais alors. Partout, sa réputation le précédait, et son arrivée fit grand bruit.

« J'étais maître d'école, amateur de sciences et passionné d'astronomie. Je mettais un point d'honneur à vivre éloigné de toute considération religieuse, et ces histoires de soi-disant prophète ne me concernaient pas. J'avais développé, je dois le dire, un athéisme assez cynique, et considérais les prêtres comme des menteurs, qui abusaient de leur pouvoir sur les pauvres gens.

« Cependant, au bout de quelques jours, les rumeurs insistantes de miracles répétés, de guérisons incroyables, parvinrent jusqu'à moi. Partout dans les rues, les gens parlaient de lui, et certains, le sourire aux lèvres, se disaient convertis, l'appelaient le Bien-Aimé, et répétaient ses paroles qui, selon eux, les avaient touchés droit au cœur.

« Tant et si bien que je me décidai moi aussi à me mêler au groupe des curieux qui gravitaient autour de la place où Almustafa dispensait ses enseignements. Je me croyais plus malin que le petit peuple, et me sentais d'attaque pour dénoncer un charlatan, et démonter ses illusions en public ! Pensez donc : on disait même qu'il pouvait ressusciter les morts !

« L'affluence était si grande, et l'assemblée si compacte, que je ne pus m'approcher d'Almustafa. Je ne le voyais pas, et n'entendais rien, ce qui m'énerva fort. J'avais plutôt un sale caractère en ce temps-là, je dois l'avouer. Je décidai donc d'escalader un arbre et de sauter sur une terrasse en hauteur. Ainsi, de terrasse en balcon, de toit en toit, je pus m'approcher aussi près que possible du Maître, juste au-dessus des colonnades sous lesquelles il s'était installé.

« J'entendais sa voix grave et mélodieuse, presque chantante, mais je ne comprenais qu'un mot sur deux, j'étais encore trop loin. Je voyais les visages des auditeurs, tour à tour concentrés ou rieurs, opinant du chef, se donnant des coups de coude quand une anecdote avait touché juste. À un moment, je me penchai tellement au-dessus du vide, que la poutre sur laquelle je m'appuyais céda sous mon poids ; je tombai lourdement au milieu de l'assistance, en provoquant l'hilarité générale.

– Eh bien ! Voici un ange tombé du ciel ! dit l'orateur en souriant. Ce que je dis est-il à ce point renversant ?

– Certains le prétendent, en effet, rétorquai-je en me relevant, et en essayant de retrouver bonne contenance. Il paraît que tu parles de Dieu comme personne, et que tu envoûtes tes auditoires avec des contes merveilleux. Mais j'avoue que je goûte fort peu les fariboles des religieux et des prédicateurs. Vois-tu, je me pique d'être rationnel, féru de sciences, et jamais leurs belles histoires n'ont résisté à une démonstration bien établie, reposant sur des preuves irréfutables !

« Un murmure désapprobateur parcourut les spectateurs, qui étaient évidemment acquis à sa cause.

– Je dis, moi, que la science est une autre forme de religion, répondit-il, qui a elle aussi ses prêtres sclérosés et ses croyances, ses mensonges et ses œillères.

– J'imagine sans peine ce que tu racontes à ceux qui te suivent, car j'ai entendu bien des balivernes sortir de « saintes bouches » vénérées par des esprits simples. Il est facile de décrire les rivages paradisiaques de l'au-delà, ou l'océan de ténèbres des commencements de l'univers, car personne n'a pu explorer ces domaines intangibles.

– En vérité, l'homme de science ne se fie qu'à ce qu'il peut observer, ou déduire par la raison de ce qu'il peut observer. Ce faisant il fait confiance à ce que ses sens lui rapportent des formes visibles, et ses échafaudages de théories toujours plus audacieuses ne reposent que sur du sable, car ce qu'il connaît n'est qu'une portion infime de ce qui est.

– Trop facile ! dis-je d'un air méprisant.

– Demande à un savant pourquoi son cœur bat, et il te parlera d'impulsions nerveuses, de flux et de reflux, de quantité de sang à purifier... Il t'expliquera en détail comment tout cela fonctionne ; le chirurgien pourra ouvrir l'organe et le réparer. Mais personne ne te dira à quoi tout cela peut bien servir ! Quelle est la cause première de cette débauche d'intelligence et de mécanismes, qui bat parfaitement des millions de fois au cours de ta vie sans que tu aies besoin de t'en soucier ? Qui en est le Concepteur, et quel est Son but ?

« Je ne voulais pas continuer à me ridiculiser en public, et j'eus une idée :

– Accepterais-tu de venir dîner chez moi, ce soir ? Nous pourrions confronter nos points de vue plus au calme ?

– Je veux bien, mais toi, accepterais-tu d'inviter dans ta demeure les mendiants de la cité, qui n'ont pas connu un repas décent depuis des années ? Regarde-moi : n'ai-je pas moi-même la mise d'un mendiant ? Mes vêtements sont colorés par la poussière des chemins, troués par les épines, décolorés par les vents... Pourquoi m'inviterais-tu, et pas mes camarades d'infortune ? Tu veux que nous débattions, tu as soif de vérité et de certitude, mais la plus grande leçon ne viendrait-elle pas de ceux que tu considères le moins ?

« Piqué au vif, je le pris au mot, et ainsi fut fait ! Le soir venu, je laissai ma porte ouverte, et nombre des habitants qui avaient assisté à l'invitation se présentèrent, ainsi que des admirateurs d'Almustafa qui le suivaient sur les routes. Ma maison étant minuscule, peu de convives purent y entrer, et de toute façon, je n'avais pas de quoi nourrir grand monde. Toutefois, je fis distribuer ce que j'avais à tous les pauvres hères qui s'étaient massés autour de chez moi, trop heureux de l'aubaine qui leur était offerte. En tant qu'hôte, j'eus la chance de passer la soirée au côté d'Almustafa. Je le trouvai simple, accessible. C'était un convive agréable, plein d'esprit, qui pouvait être très drôle. Pour un soi-disant saint homme, il mangeait et buvait du vin comme n'importe qui, et ne semblait pas se plier à une discipline de vie particulière. N'eût été sa notoriété, il aurait pu être un invité banal, passant inaperçu au milieu des rires et des conversations.

« Toutefois, vers la fin du repas, on lui posa des questions, on le pria de prendre la parole à nouveau. Il nous raconta des histoires qui nous fascinèrent, alors qu'il s'inspirait de notre quotidien. Toujours il réussissait à transformer ces fables anodines en visions profondes qui nous faisaient trembler sur nos bases, tellement elles remettaient en question nos croyances les plus fondamentales, qui nous avaient toujours paru évidentes.

« Nous l'écoutâmes toute la nuit, sans fatigue, comme enveloppés dans un sortilège. Peu à peu, je compris à quel point ma vie était vide de sens, et j'entrevis un monde inconnu, beaucoup plus vaste que tout ce que j'avais imaginé. Lorsqu'au matin il prit congé en me remerciant de mon accueil, je sentis que je ne pourrais plus me passer de la source vive de ses enseignements.

« Quelques semaines plus tard, le Prophète se remit en marche et quitta Pyrimar, et je décidai de prendre la route avec ses compagnons. Du jour au lendemain, j'abandonnai tout : mon métier, ma maison, mon passé. Mes amis me traitèrent de fou, et tentèrent de me retenir, mais la vie qu'ils représentaient me paraissait désormais vaine et inutile. On aurait pu croire que j'avais été manipulé, et même ensorcelé, pour changer de vie aussi brutalement, sur un coup de tête. Et peut-être était-ce le cas, mais je ne l'ai jamais regretté depuis. La plupart des gens qui l'ont écouté n'ont pas changé radicalement de trajectoire, je pense plutôt que mon champ avait été labouré auparavant, et était prêt à recevoir les idées que le Maître tentait d'y semer.

« Nous vécûmes ainsi quelques années, allant de ville en ville, étant hébergés par des parents des uns ou des autres, dormant souvent en pleine nature, à la belle étoile. La troupe des compagnons de voyage ne cessait de grossir. Il choisit quelques-uns d'entre nous, qu'il appela disciples, avec lesquels il passa plus de temps pour leur prodiguer des explications privilégiées. Comment les sélectionna-t-il, et pourquoi fus-je de ceux-là ? Je l'ignore encore... Toujours est-il que j'eus la chance dès lors de passer en sa compagnie les plus beaux moments de mon existence.

« Il était clair pour nous tous qu'il savait sa présence parmi nous de courte durée, et il voulait nous transmettre ce qu'il avait appris de son illumination afin que nous poursuivions son œuvre après lui. Nous refusions évidemment d'envisager un tel cataclysme à l'époque, car il était l'air et l'eau indispensables à nos vies, et il était impensable que nous survivions sans lui.

« C'est pourtant ce qui se produisit peu de temps plus tard, comme vous le savez. Après le drame, j'ai fait ce qu'Almustafa attendait de nous. J'ai marché, j'ai sillonné les bords de la mer en tous sens, allant de plus en plus loin, explorant plaines et montagnes à la rencontre de peuples dont j'ignorais jusque là l'existence.

– Ce sont des aventures extraordinaires ! dit Almitra. Il faut absolument écrire tout cela, que les générations futures s'en souviennent ! Comment étiez-vous accueilli dans ces contrées lointaines ?

– Plutôt bien, à vrai dire. Je sentais la présence du Maître quand j'étais en difficulté, et les portes s'ouvraient naturellement en cas de besoin. Ce que je racontais de sa vie, et de ce que j'avais compris de ses enseignements, était tellement universel, tellement beau quand je réussissais à en restituer la poésie, que l'on m'incitait à rester et à m'installer dans les villages que je traversais.

– Et vous n'avez jamais été tenté ?

– Oh si, de nombreuses fois ! Et j'ai cédé souvent, je l'avoue... Je suis parfois resté plusieurs années dans des communautés au sein desquelles je me sentais chez moi. Mais toujours, un jour ou l'autre, une force étrange me poussait à reprendre les chemins, même à regret. Il y a tant d'âmes à croiser dans le monde, tant de rencontres à faire... »

Il y avait de la mélancolie dans la voix du vieil homme, et une pointe d'humidité dans ses yeux. Était-ce l'ampleur de la tâche à accomplir, si immense qu'il ne l'avait qu'effleurée, ou bien le souvenir indicible de bonheurs révolus à jamais ? Almitra détourna pudiquement le regard, vers l'ouverture au-dessus de la table qui laissait le jour entrer dans la masure. Au loin, le bruit du ressac et des mouettes paraissait irréel.

« Et maintenant, vous voilà chez nous ! dit la dame d'Orphalèse avec son beau sourire.

– Oui, je crois bien que c'est le bout de la route, répondit le disciple. J'ai mal partout, et suis trop vieux pour continuer. Je veux consacrer ce qu'il me reste d'énergie et de mémoire à coucher sur papier les mots d'Almustafa.

– C'est une sage décision, et un travail d'une importance capitale ! Je vous aiderai autant que je le pourrai. »

C'est ainsi que, saisissant leurs gobelets de terre cuite, ils trinquèrent à leur collaboration naissante, réunis par le souvenir du Prophète Bien-Aimé.

DURANT les jours qui suivirent la visite d'Almitra, Youssef décida de se mettre sérieusement au travail. Il n'avait plus besoin de redescendre vers la ville avant longtemps, et il commença à explorer les collines et les forêts alentour, s'éloignant de plus en plus, pendant des journées entières. Il savait que c'était de cette façon qu'Almustafa avait vécu, il y avait quelques décennies à peine, et il voulait marcher dans ses pas, s'imprégner des mêmes paysages, méditer sous les mêmes arbres, espérant secrètement que la même illumination viendrait le saisir un jour, par surprise.

Lors de l'une de ces longues promenades solitaires, le disciple vit au loin, dans un renfoncement de la falaise, plusieurs colonnes de fumée noire qui s'élevaient dans l'azur. Alarmé, il se dérouta aussitôt, afin d'apporter une aide quelconque si besoin était. Après une demi-heure de marche sur un petit sentier au bord du vide, il déboucha à l'aplomb d'une conche imposante, au fond de laquelle s'étendait une vaste plage de sable d'où provenaient les feux.

Youssef distingua un homme, seul, qui semblait charrier des débris divers disséminés tout au long du bord de mer, pour les assembler en tas. Il était évident qu'il les enflammait ensuite, quand l'amoncellement avait atteint une taille suffisante. Il y avait ainsi toute une série de monticules plus ou moins alignés à intervalles réguliers, certains encore ardents, d'autres déjà presque éteints.

Dévoré de curiosité, le disciple voulu savoir ce qui se tramait là, et se mit en tête de rejoindre le mystérieux incendiaire. Il faillit se casser plusieurs fois le cou en descendant la paroi abrupte, mais arriva finalement sur le sable.

« Holà ! » cria-t-il à l'intention de l'inconnu tout en marchant dans sa direction.

L'homme lui jeta un coup d'œil, mais ne s'interrompit pas dans son effort. En s'approchant, Youssef pu mieux le détailler. Petit et légèrement voûté, il était déjà âgé, quoique plus jeune que le disciple. Sa peau était parcheminée, cuite et ridée par le soleil et le sel. Sa façon de marcher trahissait le marin, et la forme caractéristique de ses mains le pêcheur. Un vieil amant de la mer, comme aurait dit Nedjma.

« Que s'est-il passé ici ? demanda Youssef. Que brûlez-vous ?

– Des épaves, répondit laconiquement l'homme buriné. Des navires démembrés, des morceaux de carènes, espars, vergues, mats, étambots, étraves, voiles, cordages... Tout ce qui fut fier vaisseau, portant des hommes autour du monde, et que maintenant la mer rejette sur cette côte.

– Que leur est-il arrivé ?

– La guerre, bien sûr, dit l'autre sombrement. Depuis qu'elle a commencé, les bateaux morts sont arrivés ici. Au rythme des batailles navales qui se succèdent, sans doute apportés par les courants. Ça n'arrête jamais : quand j'ai fini de nettoyer le soir, tout est à refaire le lendemain matin ! Les hommes sont fous... »

Youssef embrassa la plage d'un regard, et prit la mesure de la tâche que le marin s'était assignée au nombre considérable de monticules en feu.

« Mais pourquoi perdre vos journées en ce vain labeur ?

demanda-t-il. Pourquoi ne pas simplement laisser le bois pourrir sur place ? »

L'autre secoua négativement la tête.

« La nature est belle par ici, la côte sauvage et indomptée, vierge du saccage des hommes. Je ne veux pas qu'elle soit souillée par notre folie. Un jour, la guerre s'arrêtera, et ce sera la fin de mes efforts. En attendant, j'essaie d'en limiter les dommages. »

En regardant mieux, Youssef vit que l'écume était souillée d'une matière noire et visqueuse, et la déposait sur la grève. Ce liquide épais flottait entre deux eaux en s'agglutinant en plaques, et en emprisonnant poissons et volatiles dont les corps poisseux, bougeant encore parfois, se multipliaient dans le ressac avant de s'échouer.

« De l'huile de naphte, expliqua le pêcheur. Une nouvelle monstruosité de nos semblables. Une substance maudite extraite des profondeurs putrides de la terre, et qui ne servait jusqu'ici qu'au calfatage des coques de navires. À présent, c'est une nouvelle arme de guerre, transportée en grande quantité d'un bout du monde à l'autre, qui permet d'incendier à distance une cité ou une escadre. Le seul moyen de s'en débarrasser est de la brûler, et ce n'est pas une mince affaire, croyez-moi !

« Quant à essayer de sauver les animaux contaminés, n'y songez même pas, c'est impossible ! C'est pourquoi je reviens ici chaque jour, en priant que la nuit ne m'ait pas donné plus que ma dose quotidienne de labeur... »

Le pêcheur n'avait sans doute pas souvent l'occasion d'épancher sa bile avec un interlocuteur aussi attentif, et les mots semblèrent lui venir plus facilement, révélant un philosophe derrière une façade bourrue.

« Dans son obstination aveugle à tenter de détruire son frère - ce dont, à la limite, on pourrait lui laisser la liberté - l'homme fait aussi disparaître toute forme de vie autour de lui, ce qui n'est pas pardonnable. Ainsi, depuis le début de la guerre, les plus grandes batailles se sont déroulées en mer. Il semble que le destin du monde se jouera sur les flots, et c'est à qui, à chaque engagement, alignera le plus de vaisseaux. Les pertes quotidiennes sont colossales, et les chantiers navals se multiplient. On m'a dit que certaines régions, naguère recouvertes de forêts profondes et giboyeuses, sont aujourd'hui des déserts arides. Tous les arbres ont été transformés en bateaux, puis, assez rapidement, en épaves et en tombeaux pour les pauvres bougres ayant eu le malheur de servir à leur bord.

« Étant donné que nous ne voyons pas venir la fin des combats, il est probable que d'ici quelques années, tous les rivages de la mer seront transformés en collines pelées, autour d'un océan d'ossements croupissant dans des eaux noires et puantes. »

Youssef frissonna en entendant la description de ces jours de fin des temps, et ne dit mot. Il laissa l'homme retourner à sa mission, mais ne pouvait détacher son regard de la longue ligne de brasiers qui donnaient à la crique des allures infernales.

À la fin de la journée, le temps avait brusquement changé, et un vent glacé commença à souffler de la mer. En quelques instants, l'horizon s'était voilé de gris, et bientôt ce fut un déferlement de volutes sombres qui se mirent à galoper vers le continent tel un troupeau de chevaux affolés aux naseaux écumants, fuyant une obscure menace.

Nullement impressionné, le petit Mustapha gravissait le chemin au bord de la falaise qui menait à la cabane du disciple, un énorme ballot sur l'épaule. Arrivé devant la porte, il frappa négligemment du pied le montant de bois, déjà fort agité par les rafales.

« Holà, vieil homme, êtes-vous là ? »

Devant le manque de réaction du locataire de la maison, l'enfant réitéra ses coups et ses appels plusieurs fois.

« Êtes-vous là, vieux Youssef, ou bien l'arrivée prochaine de la tempête vous a-t-elle fait vous terrer en tremblant sous la table !

– Qui donc ose me parler sur ce ton ? » répondit enfin le disciple en ouvrant sa porte. Il fronçait un terrible sourcil, qui simulait une terrible colère.

« Faudra-t-il que j'aille me réfugier sur une île déserte pour pouvoir travailler en paix ? Est-ce toi, marmot, qui m'apostrophe ainsi ? Je ne m'étonne plus de ne rien comprendre à ce que tu dis : sont-ce les mots que tu emploies qui sont trop gros pour ta jeune bouche, ou est-ce le lait de ta mère, que tu n'as pas fini d'avaler, qui t'empêche d'articuler correctement ? »

Mustapha sourit à pleines dents. Il aimait bien le vieux bougon, et la conversation avait pris un tour qui lui plaisait :

« Sachez bien que je ne suis pas ici pour mon plaisir, dit le garçon, mais pour obéir à ma mère qui se ronge les sangs à votre sujet.

– Ah bon ? Et pourquoi donc ?

– Je vous ai dit qu'une tempête approchait, et elles sont souvent terribles par ici. Elle m'a donné des draps et des linges afin que vous bouchiez votre fenêtre et les trous de votre porte. La nuit va être très longue !

– Tu remercieras bien Almitra pour moi, mais je ne suis même pas sûr que cette bicoque résistera au premier vent !

– Ne vous en faites pas, les murs sont épais. Cette bicoque, comme vous dites, est sûrement plus vieille que vous si c'est possible, et a résisté à bien d'autres épreuves ! »

A deux, ils eurent tôt fait de calfeutrer tous les interstices de la maison. Le petit Mustapha s'empressa alors de quitter son hôte afin d'aller se baigner dans la crique une dernière fois avant l'arrivée de la tempête, malgré les mises en garde de son aîné. Youssef le vit bientôt descendre de rocher en rocher jusqu'à atteindre la plage de galets. Sans marquer la moindre hésitation, le gamin s'enfonça dans l'écume qui devait pourtant être bien froide.

Tandis qu'il regardait au loin Mustapha nageant vers le large, ballotté comme un fétu par la houle qui, bien que déjà fort impressionnante, ne cessait de grossir encore, une parole du Prophète lui revint en mémoire, qu'il se jura de consigner par écrit dès qu'il en aurait l'occasion :

« Il en va des âges du monde comme des saisons, disait-il. Si certains sont doux et faciles à vivre, d'autres sont coupants comme le gel ou mordants comme la flamme, et meurtrissent ceux qui les traversent. La plupart des âmes nées dans ces temps de souffrance se plaignent et accablent le Créateur de leur malédiction. Certaines, cependant, prennent grand plaisir à braver les dangers et les bouleversements de ces périodes chaotiques, et y plongent avec délice, par goût du jeu et du frisson. »

Deuxième partie

Praxilas

L E lendemain de la tempête, alors que le matin était jeune encore, les habitants d'Orphalèse qui sortaient sur le pas de leur porte prirent conscience que leur petit paradis resté si longtemps à l'écart du monde venait d'être frappé au cœur. Le siècle et ses tourments, accompagné de son cortège de peur, de violence et de souffrance, avaient fini par les rattraper alors qu'ils croyaient l'avoir définitivement semé.

En effet, aux premières lueurs de l'aube, un immense navire de guerre, ténébreux comme la nuit, avait dépassé les brisants qui protégeaient l'anse portuaire, et avait étendu son ombre sur la cité. De quel camp était-il ? Nul ici n'aurait su le dire, malgré les insignes et les blasons qui marquaient gaillard d'arrière et pavillons. Les invasions duraient pourtant depuis bien des années, mais le peuple d'Orphalèse, épargné jusqu'ici, s'en tenait à la plus stricte neutralité, et ne s'intéressait guère aux échos des combats, défaites ou victoires, qui lui parvenaient de loin en loin, avec plusieurs mois de retard. Peut-être espérait-il, dans sa candeur, qu'en détournant pudiquement le regard des horreurs de la guerre, celles-ci resteraient au loin pour toujours, et n'abattraient aucun de ses enfants ?

Mais l'hydre tentaculaire avait un appétit sans limite et s'était jouée de la cité pendant tout ce temps : voilà qu'elle apparaissait soudain en son sein, sans que personne ne l'ait vue venir, ni ne puisse rien y faire.

La forme sombre, toute bardée de cuirasses et de dards, avançait donc lentement, silencieusement, au milieu de la rade. On n'apercevait âme qui vive à son bord, si bien qu'elle avait tout de la baleine blessée venue se réfugier du chaos de la nuit dans une baie plus calme.

Très vite les hommes s'étaient massés sur les quais avant que l'intruse n'accoste. Marins et pêcheurs, commerçants et débardeurs, paysans et notables, se pressaient au coude à coude, peut-être un peu par bravade, mais sans doute aussi pour se rassurer mutuellement afin de faire face à l'obscure menace qui pouvait mettre leurs familles en danger. Leurs yeux aguerris virent immédiatement sur les flancs du monstre les traces du combat qu'il avait dû mener contre les éléments, et en vérité sa coque et son gréement mutilés étaient dans un tel état qu'il n'aurait guère pu aller plus loin.

Le navire arrivait à quelques mètres du débarcadère quand deux hommes apparurent soudain sur le pont. L'un à la proue, l'autre à la poupe, chacun lança un cordage vers le quai, que des pêcheurs s'empressèrent d'amarrer solidement. Geste d'accueil et de bienvenue, instinctif et ancestral, qui scelle la solidarité entre les marins de toutes les époques et de toutes les nations.

Des passerelles furent jetées, puis consolidées à leur tour, pour relier le bastingage et la terre ferme. Alors, des panneaux s'ouvrirent sur le pont, et une multitude d'hommes en armes jaillirent soudain des entrailles du vaisseau.

Éberlués, les habitants reculèrent dans la panique.

Pendant que les soldats prenaient possession du quai et sécurisaient un large périmètre autour des passerelles, une silhouette imposante apparut à son tour sur le pont. Le cheveux court et grisonnant, l'armure rutilante, les épaules larges supportant un lourd manteau couleur de sang, le nouveau venu était d'évidence le commandant du bâtiment qui venait d'accoster. Le sourcil froncé, il surveillait la manœuvre en cours en contrebas. Lorsque le tumulte se fut calmé, il descendit calmement vers la terre, son pas lourd martelant le bois de la passerelle en cadence. Lorsqu'il toucha le sol, un silence de mort s'était abattu sur la ville.

L'homme au manteau de pourpre promena un regard plein de morgue sur la foule assemblée, et parla :

« Mon nom est Praxilas, et je suis le général en chef de l'armée d'occupation. Ma renommée est grande sur tous les bords de la mer, car mes victoires ont été nombreuses, et ma réputation est telle à présent que les villes ennemies se rendent et ouvrent leurs portes à mon approche, pour ne pas avoir à endurer mon courroux. Peut-être certains d'entre vous ont-ils déjà entendu parler de moi ? »

Il sourit avec orgueil, sûr de provoquer des remous dans l'assistance, mais rien ne se produisit. Seuls lui répondaient des visages interrogateurs et silencieux. Visiblement, son histoire ne disait rien à personne. Légèrement décontenancé, le grand homme reprit :

« Mon vaisseau a eu à subir de lourds dommages causés par la tempête de cette nuit, et j'ai besoin de vous pour le réparer. Si tout se passe au mieux, nous repartirons dans quelques jours et je saurai me montrer magnanime. Sinon ... »

C'est à ce moment que des murmures se firent entendre, et que les habitants d'Orphalèse commencèrent à s'agiter. La menace était claire et les images de pillage, de carnage, voire de destruction de la ville, défilèrent dans les imaginations assemblées. Devant la nervosité du peuple qui grandissait, les soldats resserrèrent les rangs en portant la main à leurs armes.

« Qui donc gouverne cette cité ? reprit le général en couvrant la cohue. Y a-t-il quelque édile, archonte ou magistrat avec lequel je puisse m'entretenir ? Il faut régler le problème de l'hébergement de mes hommes et de l'organisation du travail dans les plus brefs délais !

– Notre édile s'appelle Zaïn, dit quelqu'un. Il habite la plus belle maison qui donne sur la place du marché...

– Voyons cela immédiatement ! » lâcha Praxilas d'un ton sec.

Une dizaine de soldats se mirent aussitôt en formation autour de leur chef, et l'impressionnante délégation se mit en marche au pas cadencé vers la demeure de Zaïn, tandis que la foule s'écartait silencieusement sur leur passage.

YOUSSEF n'était pas redescendu en ville depuis des jours. Chaque matin désormais, il prenait son petit baluchon et partait pour la journée, marchant au hasard, cherchant à l'intuition les chemins qu'Almustafa avait parcourus bien des années avant lui.

Comme il ne savait pas où il allait, de nouveaux paysages le surprenaient à chaque détour, pour un émerveillement perpétuellement renouvelé. Parfois, après avoir suivi longuement la crête de la falaise, il s'asseyait au bord, les jambes ballantes, et se perdait en méditations créatives, interrogeant la mer sur des structures de phrases, sur une formule mal tournée, sur un mot dont il n'était pas sûr. Ou bien il se mettait à escalader des sentes mal aisées à flanc de montagne, au milieu de territoires désolés, noircis par d'anciennes éruptions volcaniques.

Ce jour-là, il s'était enfoncé dans une forêt de cèdres, odorante et mystérieuse. Il avançait respectueusement entre des arbres plusieurs fois centenaires qui bruissaient amicalement à son passage.

Au détour d'un tronc renversé, Youssef découvrit une clairière ombragée, au milieu de laquelle trônaient d'énormes blocs de granit, qui formaient un semblant de construction, une sorte d'abri fruste et gigantesque. À sa configuration étrange, le disciple reconnut un lieu dont lui avait parlé Almustafa plusieurs fois. Le prophète lui avait décrit un point de la terre d'une complexion particulière, où les énergies de la nature semblaient s'être donné rendez-vous dans une association magique. Selon lui, les êtres vivant ici, où passant un moment à proximité, voyaient leurs forces vitales régénérées, et leur santé améliorée. D'antiques tribus sauvages, ou des géants oubliés, plus sensibles que les hommes d'aujourd'hui à ces courants telluriques mystérieux, avaient marqué cette région au sceau du sacré en édifiant des monolithes fantastiques à l'attention des générations futures.

Toujours aussi curieux, Youssef s'approcha de l'entrée de l'abri de pierre, plus obscure que la nuit.

« Qui va là ? » hurla une voix à l'intérieur.

Une tête hirsute surgit brusquement de la pénombre, les yeux teintés d'une folie meurtrière. La surprise jeta Youssef au sol, et le vieil homme porta la main à son cœur, craignant que celui-ci ne se fût arrêté pour de bon.

« Vois mon crâne dégarni et ma barbe blanche, articula-t-il péniblement. Je ne suis qu'un vieillard, et ne te veux aucun mal !

– Que fais-tu là ? » demanda l'autre sèchement. C'était un garçon grand et maigre, qui semblait à peine sorti de l'adolescence avec ses cheveux d'un noir profond que la nature avait groupés par mèches hasardeuses, et dont les gestes brusques et mal assurés dénonçaient une nervosité extrême.

« Rien de particulier, à dire vrai, dit Youssef en reprenant ses esprits. Je me promène, je médite... Je m'imprègne de la sérénité de cette forêt millénaire. Ce qui n'est pas ton cas, je crois !

– Le temps d'être serein est révolu, singe sénile. L'âge du sang et du fer est arrivé sur ces terres, et il n'est plus l'heure de se promener, mais de se battre. Comment peux-tu me parler de méditation, alors que nos frères et nos sœurs sont sous les chaînes de l'asservissement ? Seuls la soif de liberté et l'appétit de vengeance devraient te tenir debout ! En ce qui me concerne, ils m'empêchent de dormir et de manger depuis des jours.

– Je ne comprends rien à ton discours, dit le disciple en secouant la tête. Que se passe-t-il donc dans ta vie qui suscite tant de violence ? Assieds-toi, et causons. Les personnes âgées peuvent être de bon conseil pour apprendre à mener une existence, sais-tu ? Et tout d'abord, quel est ton nom ? »

Le jeune homme bouillait sur place, et faisait nerveusement les cent pas.

« Retiens bien le nom de Karim ! dit-il. C'est celui du prochain libérateur d'Orphalèse. Mais trêve de parole ! Que me sert ta philosophie face aux armées de l'oppresseur en marche ?

– Orphalèse est donc opprimée ?

– N'es-tu pas au fait du drame qui se joue en ville, en ce moment même ? demanda Karim, interloqué.

– Ma foi non, répondit Youssef. Que devrait-il s'y dérouler de plus qu'à l'ordinaire ?

– Par Dieu, tu ignores donc tout ? Mais où vis-tu ? Ne sais-tu pas qu'un navire de guerre a accosté au port il y a cinq jours ? Tous les hommes valides ont été réquisitionnés pour le réparer, et les soldats dorment chez l'habitant. Ils se comportent partout comme en pays conquis, et si nous ne faisons rien, ils vont s'installer à demeure, sans coup férir ! »

Youssef ne dit plus rien, car l'affaire était grave. Il passait une main pensive dans les profondeurs de sa barbe.

« De nombreux jeunes ont fui, comme moi, reprit Karim. Dans la forêt et dans la montagne. Je vais les rallier, les organiser. Ensuite nous attaquerons la ville pour chasser Praxilas.

– Praxilas, dis-tu ? demanda le disciple en haussant le

sourcil. Je connais ce nom, qui est-ce ?

– Le chef de l'ennemi, répondit le jeune fuyard. Un général plein d'orgueil et de suffisance, qui se croit invincible. Mais je te le dis, il n'a jamais fait la guerre celui qui ne m'a pas combattu ! »

Youssef eut une moue dubitative devant la candeur du garçon :

« Tu me parais bien jeune pour dire cela, et tu n'as pas trois poils au menton. Combien de batailles as-tu menées pour être aussi sûr de toi ?

– Aucune, mais j'ai le bon droit et la justice pour moi ! »

Le vieux soupira.

« Le bon droit ne fait pas les victoires, crois moi. C'est même souvent le contraire, hélas... N'as-tu pas quelque arme secrète, qui ferait basculer le sort en ta faveur ?

– Si fait, avoua Karim excédé. Puisqu'il faut tout te dire, elle s'appelle Yesmena.

– Yesmena ? C'est un joli nom pour une arme, sourit Youssef. Voilà qui est prometteur, dis-m'en plus !

– Parle d'elle avec respect, vieux singe ! cria Karim en pointant sa lame vers le disciple toujours à terre. Quand je pense à elle, je suis en rage, et je le serai tant que les étrangers n'auront pas été rejetés à la mer. C'est pourquoi je ne peux pas perdre !

– Explique-moi tout, je pourrai peut-être t'aider.

– Praxilas est hébergé chez Zaïn, l'édile d'Orphalèse. Yesmena est la fille de Zaïn, et ma bien-aimée. Je deviens fou à l'idée que ce chien galeux puisse poser ses mains sur cette fleur des sables. Plusieurs de ses soudards ont déjà agressé des femmes de la ville. »

Youssef réfléchit un moment, cherchant la meilleure conduite à tenir.

« Et l'édile, que fait-il ? demanda-t-il.

– Rien, comme d'habitude, cracha Karim. C'est un faible, incapable de prendre une décision courageuse. On ne peut pas compter sur lui. Aux dernières nouvelles, il aurait même ordonné à la milice municipale d'aider les envahisseurs à maintenir l'ordre, sous prétexte de protéger les habitants !

– Je vois, dit le vieil homme en se relevant avec lenteur. Je vais aller discuter avec lui, car on me reconnaît un certain art de la persuasion. De ton côté, vois ce que tu peux faire pour canaliser les autres fuyards. Mais je t'en conjure : pas d'acte inconsidéré ! Vous seriez balayés par les soldats de Praxilas. »

*

* *

« Vous m'avez fait mander, ô Vénérable ? » dit le jeune prêtre qui assistait le doyen du temple dans ses tâches quotidiennes.

Le vieillard, dont on ne voyait que le crâne dégarni dépasser de sa table de travail, releva la tête de son étude en plissant les yeux. Au fond des petites prunelles noires, dissimulées par d'épais buissons enneigés, luisait comme un feu obscur. Un observateur attentif aurait peut-être pu y discerner de la malice, ou une perversité diffuse.

« La situation en ville a radicalement changé avec l'arrivée des envahisseurs, il me semble, dit-il d'une voix presque inaudible, comme pour lui-même.

– Oui, les habitants sont inquiets. Ils pensent que la guerre est à leurs portes, et que des drames terribles sont sur le point d'arriver.

– Ce n'est qu'une péripétie, qui ne doit pas nous faire oublier nos priorités, s'agaça le vieillard en battant l'air d'un revers de main tremblotant. Au contraire, cela pourrait nous aider à clarifier les choses...

– Que voulez-vous dire ?

– Cet afflux de forces armées dans nos rues est une aubaine. Les militaires n'aiment pas les fauteurs de troubles, c'est bien connu... et voici qu'un étranger, arrivé il y a peu, clame partout à qui veut l'entendre qu'il est disciple d'Almustafa, un séditieux notoire ? Ne voudrait-il pas rouvrir les plaies du passé, exciter la plèbe, semer le désordre ? »

Le prêtre fronça les sourcils, n'osant comprendre où son supérieur voulait en venir :

« Vous voudriez que l'on signale sa présence à l'édile Zaïn, pour qu'il puisse prendre les devants en cas de problème ?

– Non, ce serait une perte de temps. Zaïn n'est qu'une marionnette dans les mains du général.

– Vous suggérez donc de collaborer directement avec l'occupant, en leur indiquant où l'homme se cache ?

– Ne serait-ce pas notre devoir ? Il s'agit de protéger nos ouailles, en évitant qu'un boutefeu inconscient ne déclenche une escalade infernale d'incidents qui nous mènerait à la catastrophe ! »

L A maison de l'édile Zaïn était certainement l'une des plus grandes et des plus luxueuses de la ville. Cela faisait maintenant près d'une semaine que le général Praxilas l'avait réquisitionnée pour y loger, et il ne se lassait pas de l'admirer et de s'y promener, en se félicitant de son choix.

Sa chambre, située au premier étage, donnait sur une cour intérieure à ciel ouvert, dotée d'un bassin d'agrément et d'une fontaine d'eau vive.

Cet atrium était bordé d'une colonnade qui formait un double promenoir pour les habitants de la maison, au rez-de-chaussée et à l'étage. La pièce d'eau, symbole de l'aisance de la famille de Zaïn, simulait une mare sauvage où poussaient roseaux et nénuphars, hébergeant même des poissons d'agrément et quelques grenouilles.

Comme chaque matin, à l'heure où un soleil encore timide s'infiltrait à l'intérieur de la maison, le général s'était accoudé un moment à la rambarde du premier étage pour profiter du spectacle apaisant de la mare artificielle avant de sortir pour diriger le chantier de réparation de son navire.

Il aperçut soudain la fille de Zaïn accompagnant son précepteur qui venait d'arriver pour la première leçon. La regarder passer était son rendez-vous secret du matin, auquel il s'était immédiatement accoutumé, et qui lui donnait chaque jour un plaisir grandissant. Contempler ce deuxième soleil le mettait en joie pour le restant de la journée.

Yesmena se rendit compte, en levant la tête, que le militaire l'observait. Elle lui lança alors un regard glacial, assorti d'une grimace fugace, supposée le faire fuir, puis esquissa malgré elle un sourire de victoire lorsqu'elle le vit blêmir et se figer, bouche ouverte.

Brusquement paralysé, il la regarda longuement s'éloigner, ne pouvant en détacher les yeux. Sa silhouette gracile, sa démarche de femme, ses longs cheveux sombres ramenés négligemment en un semblant de chignon, tout participait à sa beauté naturelle, incomparable. C'est seulement longtemps après sa disparition dans une autre partie de la maison qu'il commença à reprendre ses esprits.

Transpercé par cette vision, le général revint dans sa chambre et se laissa tomber sur sa couche. Ne sentant plus son cœur battre, il porta la main à la poitrine avec inquiétude. Le trouble ne dura qu'un instant, puis fit naître un sourire sur les lèvres du guerrier qui croyait avoir une âme de métal. Était-ce donc cela, « tomber » amoureux ? Se pouvait-il qu'il n'eût jamais éprouvé un tel sentiment auparavant ? Qu'avait donc cette fille de si particulier pour l'avoir ensorcelé de la sorte...

*
* *

Ce matin-là, c'était donc avec une légèreté inhabituelle que Praxilas s'était pressé vers le port, sifflotant presque en se dirigeant vers le bassin de radoub où son navire était en cale sèche. Il avait fait forcer le pas à sa garde rapprochée qui devait le protéger dans les rues d'Orphalèse, un milieu qu'il considérait comme hostile, où le danger pouvait surgir à tout moment.

La chance lui avait souri car, comme il l'espérait, il avait pu rattraper son hôte Zaïn, parti lui aussi sur le chantier peu de temps auparavant.

« Bien le bonjour, édile, dit le général. J'espère que ma présence chez vous ne perturbe pas trop le train de votre maison... »

Zaïn plissa les yeux en un sourire affable :

« Pas du tout, général, dit-il. C'est peut-être une petite gêne pour mon personnel, mais elle est transitoire. Et comme vous le savez, je fais tout pour qu'elle dure le moins longtemps possible. C'est pourquoi je tiens à superviser moi-même les travaux sur votre navire, afin qu'ils ne souffrent aucun délai...

– Je le sais, mon cher Zaïn, et je vous en suis reconnaissant. Je ne suis pas arrivé depuis longtemps, mais je dois dire que j'aime déjà votre belle cité ! J'ai le sentiment qu'il y fait bon vivre... et je n'ai certes pas à me plaindre de votre accueil, ni de celui de vos habitants !

– Nous sommes un carrefour de commerce et d'échange, et notre convivialité est renommée jusqu'aux confins du monde...

– Ne souffrez-vous pas trop des conséquences de la guerre ? Je n'en ai vu aucune séquelle dans vos rues et vos boutiques !

– La grâce divine nous a tenus éloignés de ce fléau, et je prie pour qu'il en soit encore longtemps ainsi... »

L'envahisseur se pinça les lèvres.

« Hélas, répondit Praxilas, je souhaiterais que le malheur reste à jamais éloigné de vos côtes, mais je crains pour votre avenir. Si pendant des années les combats se sont déroulés loin d'ici, ils se rapprochent aujourd'hui. Je ne représente que l'avant-garde d'une immense armada, et bientôt il vous faudra choisir un camp.

– Si vous aimez notre cité tant que cela, vous saurez la protéger en préservant sa neutralité, suggéra l'édile avec ironie.

– Je crains que cela ne soit au-delà de mon pouvoir... » , conclut l'autre des plus sérieusement.

Les deux hommes continuèrent de marcher un moment en silence.

« Il m'est venu une idée des plus originales, osa soudain le soldat, qui pourrait doter Orphalèse d'un statut particulier, et la protéger des combats à venir !

– Dites toujours, général...

– Je côtoie votre fille depuis mon arrivée chez vous. C'est assurément la plus belle et la plus charmante jeune femme qui se puisse imaginer. Et il me semble que je suis payé de retour : je sens une inclination naissante entre nous, qui ne demande qu'à se renforcer. »

En entendant cela, Zaïn fronça le sourcil, car il connaissait sa fille, et cette bluette soudaine ne lui ressemblait pas. Il ne l'imaginait pas du tout s'enticher d'un homme si âgé, et ennemi de la cité de surcroît !

« Je pourrais l'épouser, reprit Praxilas, et l'emmener vivre dans notre capitale. Elle y aurait le statut d'une reine ! Cette union familiale marquerait un accord politique plus vaste entre Orphalèse et l'empire, en octroyant à votre cité une place de choix en tant que carrefour commercial protégé, et donc incontournable, de cette partie du monde ! »

Surpris par cette proposition inattendue, le père de Yesmena s'arrêta brusquement de marcher. D'abord désarçonné, le tacticien politique qu'il était retrouva vite son assurance. Il passa quelques instants à se frotter lentement les joues, perdu dans ses pensées, tentant de mesurer les tenants et les aboutissants des chemins qui s'ouvraient dans son esprit sinueux, sur lesquels le destin de sa fille tenait finalement peu de place.

« C'est une offre intéressante, qui mérite d'être étudiée avec soin... » finit-il par déclarer.

L'édile et le général se serrèrent la main avant de rejoindre leurs équipes respectives, comme pour sceller à l'avance un futur accord.

APRÈS sa rencontre avec Karim dans la montagne, Youssef avait voulu regagner Orphalèse au plus vite, car il pressentait que des événements graves étaient sur le point d'advenir. Mais ses faibles forces l'empêchaient désormais de se mouvoir rapidement, et ce n'est que le lendemain qu'il put atteindre la place du marché, à partir de laquelle il espérait rencontrer l'édile.

Des passants lui indiquèrent que, depuis l'arrivée des soldats, Zaïn passait toutes ses journées au port, et c'est là, en effet, que le disciple finit par le trouver, en train de sermonner des charpentiers sur la qualité de leur travail.

« Tu es un disciple d'Almustafa ? s'exclama l'édile une fois que le disciple se fût présenté. À la bonne heure ! Peut-être pourras-tu m'aider, il paraît que ton prophète était souvent de bon conseil. Vois dans quel bourbier l'existence m'a amené ! Qui pourra me dire le juste chemin à prendre ? Y en a-t-il un, seulement, dans un contexte pareil ? Ma position n'est déjà pas la plus facile, d'ordinaire. Mais rien ne m'a préparé à une telle épreuve... »

L'édile invita son visiteur à s'asseoir sous une grande tenture, car les rayons du soleil commençaient à se faire incisifs, puis lui servit une coupe de vin avant de reprendre :

« Quand j'étais jeune, la société était mieux structurée, et les gens mieux éduqués. Tout était tellement plus simple... Nous vivions en des temps bénis où le peuple avait une confiance aveugle dans les sphères du pouvoir qui le guidaient. On réduisait ces sphères au nombre de quatre, représentées chacune par une figure éminente de la ville : l'édile, bien sûr, qui représente la politique, le prêtre pour la religion, le médecin pour la santé, le maître d'école pour l'éducation. Ils bénéficiaient tous d'une aura de sagesse et de savoir incommensurables, que personne n'aurait remis en doute, et qui les rendait intouchables. Ceux qui savaient dirigeaient ceux qui ne savaient pas, et leurs avis n'étaient jamais discutés. Oui, en vérité, il était facile de gouverner alors...

« La foi et la politique sont les piliers du monde. Ils l'ont toujours été, en s'alliant ou se combattant. Mais l'autorité du Vénérable, dans le temple, est en train de passer. Qu'adviendra-t-il lorsqu'il aura disparu, d'ici peu sans doute ? Le peuple croit de moins en moins et n'a plus de moralité ; il erre en aveugle, seulement guidé par le divertissement et les plaisirs faciles.

« En ces jours sombres où tout s'écroule, où le monde tourne à l'envers et où la fin des temps n'a jamais semblé si proche, plus rien n'est comme avant. La jeunesse rêve de barbarie et de révolte, et n'écoute plus ses aînés.

« Moi-même, qui ai sacrifié mon existence au poids de cette fonction, je ne suis plus respecté, et on remet ma parole en cause en permanence. Pourtant, je ne compte plus les mandats successifs pour lesquels les habitants m'ont renouvelé leur confiance, ni le nombre d'années durant lesquelles j'ai veillé aux destinées d'Orphalèse. Mais aujourd'hui, mon autorité est discutée pour la moindre décision, si bien que plus rien n'avance dans les affaires de la ville. On m'accuse de corruption, d'inertie, de népotisme. Croient-ils que c'est une position facile ? Croient-ils qu'ils feraient mieux s'ils avaient le pouvoir ? Je te le dis, ami, ce serait l'anarchie et la banqueroute en moins de trois mois ! C'en serait fini de notre belle cité !

« Et cette obsession judiciaire : au moindre litige, on demande l'arbitrage de la justice pour obtenir le plus d'indemnités possible. En cas d'accident, il faut un bouc émissaire à tondre pour en soutirer le maximum d'argent, aussi plus personne ne décide de rien, de peur d'être amené devant le juge ! »

Youssef, par politesse, avait laissé l'édile épancher sa bile, mais l'urgence de la situation l'obligeait à accélérer le cours de la conversation :

« Il y a un sujet d'inquiétude que nous devons absolument aborder de toute urgence, coupa-t-il, qui rendrait la situation actuelle beaucoup plus tragique. Il semble que beaucoup de jeunes gens aient fui dans la montagne à l'arrivée des envahisseurs, et qu'ils préparent des actions violentes pour les chasser de la cité et les repousser à la mer. J'ai rencontré celui qui se prétend leur chef, un certain Karim, et je lui ai demandé de ne rien tenter avant que je ne vous aie parlé.

– Karim ? Je crois savoir ce qui le motive, rétorqua Zaïn. Je l'ai déjà vu tourner autour de ma fille, et je lui ai interdit de s'approcher de ma maison. C'est un fainéant, un bon à rien. Sa seule ambition dans la vie est de séduire une héritière de bonne famille qui lui assurerait une rente pour pouvoir se prélasser. Je l'imagine fort peu en anarchiste, menant une révolte les armes à la main... Il n'a ni charisme, ni volonté !

– Vous avez sans doute raison, mais il me semblait pourtant déterminé quand je l'ai rencontré. Et si l'amour de votre fille lui donnait des ailes et le poussait à des actes inconsidérés ? Que pourriez-vous faire pour l'empêcher de marcher sur la ville, d'attaquer les soldats ?

– Je n'y crois pas une seconde, c'est un lâche. D'ailleurs ce serait pure folie, sa bande de saltimbanques serait balayée en un instant. Moi, de mon côté, je fais de mon mieux pour garantir la sécurité des habitants. Sans doute certains m'accusent-ils de collaborer avec l'ennemi ? Sachez que j'agis discrètement pour le bien de la communauté. Praxilas est un homme d'honneur, et je suis sûr qu'il repartira quand son bateau sera réparé ; tout le monde verra alors que j'avais raison de choisir la voie de la diplomatie. Je suis en train de négocier un accord avec lui, qui liera nos familles, et il ne pourra plus faire de mal à cette cité ! »

Youssef écarquilla les yeux, n'osant comprendre :

« Vous ne pensez quand même pas lui donner votre fille pour acheter la paix ? »

L'édile effaça la remarque d'un revers de main.

« Je sais ce que j'ai à faire, s'agaça-t-il. Vous n'avez pas à connaître les termes de la négociation.

– Mais si Karim arrive à ses fins, provoquant, en représailles, l'arrivée en masse d'autres bateaux ? Si la cité est submergée par le nombre des envahisseurs, et finalement conquise ? »

Le disciple commençait à comprendre que Zaïn ne serait pas facile à convaincre de la nécessité d'agir vite. Pourtant, qui d'autre que l'édile pouvait empêcher Karim de commettre l'irréparable en déclenchant un cycle infernal de massacres et de vengeances ?

*
* *

Tout au long de la journée, Praxilas multipliait les tournées d'inspection sur le chantier de réparation du navire. Sa simple présence, et ses ordres aboyés, semblaient décupler l'énergie des hommes à son approche. Les équipes travaillaient jusqu'à l'épuisement, et le labeur se poursuivait jusque tard dans la nuit, à la lueur des torches.

Le général n'avait pas espéré que les choses iraient si vite, et il se félicitait de l'aide de Zaïn, qui avait convaincu les habitants d'Orphalèse d'une participation active et efficace. Aucune action belliqueuse à l'encontre de ses hommes n'avait dû être déplorée. On espérait évidemment leur prompt départ, et on ne voulait à aucun prix le retarder. De son côté, Praxilas se savait trop faible pour conquérir la ville et imposer sa loi par les armes. Ses maigres troupes auraient été anéanties par une révolte populaire massive. Aussi s'estimait-il heureux que la remise en état du bateau soit presque achevée.

De plus, il se surprenait de plus en plus souvent à songer à la belle Yesmena, et à tout ce qu'ils pourraient faire ensemble s'il la ramenait dans ses bagages. Cette perspective délicieuse n'était pas pour rien dans son empressement à achever les travaux, ni dans son souci de ménager son père.

Son lieutenant en second vint le perturber dans ses rêveries, accompagné d'un homme au crâne rasé, entièrement vêtu de blanc :

« Pardonnez-moi, mais je crains d'être porteur d'une mauvaise nouvelle, dit le soldat. Ce prêtre est venu nous prévenir de la présence en ville d'un étranger dont la réputation de fauteur de trouble n'est plus à faire, et qui serait arrivé il y a peu...

– Voyez là-bas, reprit le prêtre en tendant un index inquisiteur. Il s'agit du vagabond qui s'entretient avec notre édile depuis un long moment, et qui semble vouloir prendre de l'influence sur lui.

– C'est curieux, il me semble que sa mise ne m'est pas inconnue, souffla Praxilas pensivement.

– Il s'agit de Youssef, un des compagnons les plus proches d'Almustafa, qu'il a suivi jusqu'à la fin. Nous en sommes convaincus : il n'est pas ici par hasard. Les esprits des habitants ne vont pas tarder à être échauffés par ses appels à la révolte... »

Le regard du général s'assombrit en fixant le dais sous lequel Zaïn et le barbu semblaient pris dans une conversation animée.

« Nous ne serons donc jamais débarrassés de cette peste fanatique, murmura-t-il en serrant les dents. Je vous le dis, lieutenant, la langue des disciples d'Almustafa est une arme plus dangereuse qu'une légion d'élite. Partout où ils passent, ils soulèvent le peuple, retournent les âmes simples contre nous, et la sédition se répand comme un feu dans les broussailles. Arrêtez-moi celui-là ! Et discrètement, de grâce, je ne veux pas d'esclandre. »

YOUSSEF et Zain avaient parlé longtemps, et la nuit était déjà très avancée quand ils se séparèrent. Le vieil homme n'eut pas le courage de remonter en haut de la falaise pour regagner sa bicoque et se dirigea vers la maison d'Almitra, où il était sûr qu'on ne lui refuserait pas le gîte.

« Le voilà ! C'est lui, je le reconnais ! »

À la faible lueur vespérale, Youssef vit un soldat qui le pointait du doigt. Par réflexe, il se précipita en arrière dans la ruelle d'où il venait. Il se mit à courir aussi vite que ses articulations usées le lui permettaient, et réussit à s'accroupir péniblement dans un coin sombre, au fond d'une venelle perpendiculaire, avant que la troupe n'ait eu le temps de déboucher à sa hauteur. Le souffle court, les yeux pleins de panique roulant en tous sens, il tentait de percer l'obscurité tout en espérant s'y fondre pour disparaître.

« Youssef de Pyrimar ! Vous êtes en état d'arrestation ! Rendez-vous ! »

Cette phrase terrible, qui résonnait contre les murs de la ville désertée, combien de fois avait-il redouté de l'entendre ? Recouvert d'un enchevêtrement de cages à poules et de clapiers, terrorisé, se contraignant à la plus parfaite immobilité, le vieillard était brutalement replongé dans les plus terribles moments de la chasse à l'homme qui avait suivi l'exécution d'Almustafa, visant tous ses proches disciples. Plus d'une fois, il n'y avait échappé que par miracle.

Les années perdues défilèrent dans sa mémoire. Tous ses voyages, les rencontres innombrables... Tous ces visages, ces regards accueillants, ces rires et ces larmes partagés... Tant d'amitiés étaient nées au long de ces routes.

Mais si, sous couvert de répandre la parole du prophète, il n'avait fait que fuir pendant tout ce temps ? Fuir de plus en plus loin, à mesure que la menace avançait ? S'il n'était qu'un couard, qui portait les oripeaux trop grands d'un sage de pacotille, un ridicule donneur de leçons incapable de suivre la voie qu'il préconisait ?

Et toujours ce dialogue intérieur qui revenait l'empoisonner, le berçant de doux mensonges pour le conforter dans ses choix :

« Si on m'arrête, si je meurs, qui portera témoignage de ce que j'ai vu ? Qui pourra reprendre le flambeau, et transmettre les paroles d'Almustafa ? Mais si je me couche encore une fois, si je me dissimule et m'enfuis, comment pourrais-je encore avoir une quelconque estime de moi, comment pourrais-je prétendre être digne du Bien-Aimé ? Lui qui n'a jamais tremblé face à la menace, et a toujours marché, sur tous les chemins, sous les acclamations ou les huées, d'un pas égal ? »

Une autre voix, soudain, se fit entendre :

« Lâche prise, mon frère, et ne connais plus jamais la peur ! Aie confiance en La Vie ! On ne pourra t'ôter un iota de ce que tu fais en Son Nom... »

C'était celle du Prophète, qui résonnait dans son esprit comme chuchotée à son oreille.

« Comment puis-je encore être rongé par le doute ? », songea Youssef.

N'y tenant plus, il se leva alors et sortit de sa cachette, empreint d'une résolution nouvelle. Peut-être avait-il vécu en lâche toute sa vie, mais il mourrait avec le courage que lui dictaient ses convictions. Il sortit à la lumière, dans la grande rue, et se dirigea vers les soldats.

« Ne me cherchez plus, je suis là, dit-il simplement. Faites ce que vous avez à faire... »

L A cité d'Orphalèse n'était pas réputée pour la cruauté de sa justice, ni l'insalubrité de ses geôles. Celles-ci ne dérogeaient pourtant pas aux règles de sécurité et de discipline inhérentes à leur fonction. Ainsi, ce fut bel et bien une lourde porte grillagée de fer qui se referma en grinçant derrière Youssef, lui barrant avec un bruit de serrure et de chaîne tout passage vers la liberté.

La cellule qu'il découvrait, et qui ne contenait qu'une maigre paillasse et un tabouret, n'était certes pas moins confortable que sa masure aux quatre vents sur la falaise... mais, justement, il lui manquait les quatre vents et la falaise.

L'éternel pérégrin fit trois pas dans un sens, deux pas dans l'autre, et se dit que, dans une telle cage, il ne lui faudrait pas longtemps pour dépérir et souhaiter la mort. Lui en laisserait-on seulement le temps, d'ailleurs ?

Il repensa à sa reddition. Était-ce vraiment un acte de bravoure, ou était-il arrivé au bout du chemin de toute façon ? Sa marche sans fin, sa fuite, ne s'était-elle pas embourbée d'elle-même, ne s'était-elle pas aveuglément enfoncée dans une impasse ?

Levant la tête vers une ouverture dans le mur qui laissait transparaître la lueur de la lune, il vit que l'épaisseur de la paroi l'empêcherait de voir le ciel. Il se laissa alors tomber sur sa paillasse et se prit la tête dans les mains. Ah ! S'il avait pu écrire au-moins... Oui, écrire aurait peut-être pu le sauver ; mais il songea aux calames qu'il avait laissés là-haut, et se dit que sans doute il ne pourrait plus jamais les caresser amoureusement...

Il ne mènerait pas à bien la dernière mission qu'il s'était assignée. Des larmes amères coulèrent au long de ses paumes déformées et tremblantes.

*
* *

Cette même nuit, d'autres mains, mystérieuses celles-ci, tracèrent sur plusieurs façades de la ville un message à la peinture rouge, qui, en faisant un étrange amalgame, était sans ambiguïté destiné aux envahisseurs :

« Vive Orphalèse libre ! Vive Almustafa notre sauveur ! »

*
* *

Aux premières lueurs de l'aube, la porte de la cellule s'ouvrit avec fracas, laissant le passage au général Praxilas. Saisissant le tabouret, il s'assit face à Youssef, qui n'avait pas bougé de toute la nuit. Tel un chat qui veut jouer avec sa proie, avec un sourire narquois, il scruta longuement le visage émacié du disciple, s'attardant sur les joues creusées, les sillons profonds dans le front, les cernes sombres sous les yeux, la longue barbe hirsute.

« Je te connais, Youssef de Pyrimar, dit-il enfin. Depuis quelques années, ton nom résonne dans bien des villes côtières. Sur tous les rivages, on t'a vu, on t'a écouté raconter tes histoires de vieux fou. Il n'y a plus une contrée où ton discours mielleux n'a pas subjugué quelque âme simple, et on ne compte plus les fidèles d'Almustafa. Ou devrais-je dire les fidèles de ta secte ?

– À présent que je te vois mieux, je te reconnais, général. Quelle ironie du sort de te retrouver, vingt années après les événements tragiques qui ont fait de moi un orphelin et un errant.

– Considérais-tu donc Almustafa comme ton père ? demanda Praxilas.

– Comme un frère, et comme un père, oui. Il avait ouvert mes yeux à une nouvelle façon d'envisager la vie, et en vérité je suis né à nouveau en suivant ses pas. Il m'avait accouché à moi-même, en quelque sorte... révélé, à mes propres yeux, celui que j'étais vraiment.

– De bien belles paroles, qui masquent le mensonge et la perfidie. Ce que je vois, moi, c'est l'agitation et le trouble, la révolte et la sédition, les centaines de morts. Voilà ce qu'apportaient les paroles de ton maître, et qu'elles provoquent encore lorsque leurs dernières braises sont rallumées par les pitoyables séides survivants de ton espèce. »

Il saisit le menton du vieillard dans sa main, enfonçant ses ongles dans les joues décharnées, le forçant à le regarder :

« Mais cette fois je te tiens, pourriture fanatique, et ta langue maudite ne pourra plus jamais distiller son venin ! Oui, j'étais là quand ton maître a été mis à mort. Oui, c'était moi qui avait donné l'ordre, et je n'aurai pas de cesse que je n'aie terminé le travail. Toi et tes semblables, vous êtes un cancer, qui repousse plus vigoureux quand on en coupe une tête, et se répand dès qu'on l'attaque. Mais je

103

suis le médecin, la potion, le cautère, et je vous éradiquerai de la surface du monde... »

Et c'était comme de la folie au fond de ses prunelles.

L A mémoire du Prophète était restée vive dans l'esprit des habitants d'Orphalèse, et ses paroles de sagesse, emplies de paix, s'invitaient encore souvent dans les conversations. C'est pourquoi l'incompréhension fut grande lorsque l'on apprit que l'un de ses plus proches disciples avait été mis en prison par les envahisseurs. L'affaire fut très commentée, et l'on commença à se rassembler par petits groupes, au sein desquels l'agitation, puis la colère, grandirent. Tout le monde voyait là un acte arbitraire, une abdication de l'édile au profit des forces occupantes, et une nouvelle preuve que la cité n'était plus maîtresse de son destin.

Des manifestions spontanées, réclamant la libération de Youssef, se dirigèrent vers la maison de Zaïn, qui était devenue le symbole de l'oppression. Mais au bout de quelques minutes d'agitation, plusieurs dizaines d'hommes en armes et uniformes accoururent sur la place et établirent un cordon de protection autour du bâtiment. Il s'agissait de la milice municipale, sorte de police locale qui d'ordinaire maintenait l'ordre dans les rues d'Orphalèse. Créée à l'instigation de Zaïn, elle était largement financée sur sa fortune personnelle, et l'on pouvait légitimement douter de son objectivité dans certaines de ses interventions. Pour cette fois-ci, en tout cas, il était clair qu'elle n'était pas du côté du peuple !

Pendant plusieurs heures, on leva donc le poing sous étroite surveillance, et l'on vociféra sous les balcons de l'édile qui ne daigna pas se montrer.

Enfin un important contingent de soldats de Praxilas vint prêter main forte aux miliciens, et investit la place où le peuple s'était assemblé, en bloquant toutes les issues. Formés en lignes successives, épées au clair, boucliers levés, visières baissées ne dévoilant que des mâchoires serrées, ils avaient la délicate mission de disperser les manifestants sans verser le sang, ce qui signifiait qu'ils ne pouvaient compter que sur l'intimidation. Mais ils savaient d'expérience que, dans la chaleur de cette fin d'après-midi, tous les ingrédients étaient réunis pour que la moindre étincelle d'un côté ou de l'autre provoque un drame.

Heureusement, leurs mines patibulaires, rendues encore plus effrayantes par leur panoplie de métal, suffirent pour cette fois à calmer les esprits, et les manifestants se dispersèrent en maugréant pour éviter un massacre annoncé. La peur de la troupe et de ses violences permettait encore de maintenir l'ordre, et par miracle aucun incident n'était à déplorer, à part quelques jets de pierres contre les soldats, qui avaient su garder leurs nerfs. Mais combien de temps cet équilibre précaire pouvait-il perdurer ? Le fait de voir la milice et les étrangers œuvrer ensemble confirmait les pires soupçons : Zaïn avait livré la ville à Praxilas, et collaborait sans vergogne.

Les jours passant, les troubles changèrent bientôt de forme, et c'est la nuit que la contestation se mit à s'exprimer.

Ce furent d'abord des messages d'insulte contre Praxilas et ses sbires, que l'on retrouva tracés sur les murs des bâtiments administratifs. Ils s'ajoutaient aux mystérieux messages rouges invoquant Almustafa, chaque nuit plus nombreux eux aussi.

Aux graffitis succédèrent vite des actes violents, et des petits groupes s'en prirent aux symboles de l'armée d'occupation, attaquant les soldats isolés, et commettant des sabotages sur le chantier naval.

Les réparations du navire n'étaient pas terminées, et il ne pouvait pas encore reprendre la mer. Praxilas voyait avec inquiétude son emprise sur la cité diminuer de jour en jour. Bientôt Orphalèse prendrait conscience de la faiblesse de ses forces, et tout basculerait. Il décida alors de jouer son va-tout.

Au troisième matin des tensions, un édit fut placardé dans tous les endroits publics, annonçant la promulgation de la loi martiale. Au coucher du soleil, les habitants d'Orphalèse devraient désormais s'enfermer chez eux, et ne plus en sortir avant que sonne le tocsin le lendemain matin.

A la nuit tombée, les ruelles ne seraient plus fréquentées que par la troupe qui quadrillerait méthodiquement la ville pour prévenir tout trouble populaire.

Le lendemain de la promulgation, le général ne remarqua pas de réaction particulière dans la cité, et il en fut rassuré. Mais lorsqu'il se rendit sur le bassin de radoub, il vit tout de suite que le nombre d'ouvriers avait dramatiquement diminué. Il ne restait en fait que quelques vieux qui n'étaient guère efficaces. A la fin de la matinée, les nombreux rapports qu'il avait reçus concordaient : la grande majorité des jeunes avaient déserté Orphalèse.

Et cela n'annonçait décidément rien de bon...

L A cellule n'était éclairée que par une petite lucarne à barreaux, placée à une hauteur inaccessible pour les prisonniers. Face à elle, Youssef était assis à même le sol, en proie à de sombres pensées. Le soleil se couchait dehors, et bientôt il serait plongé dans le noir le plus total. Le disciple voulait profiter des dernières lueurs du jour, se demandant ce que lui réserverait le lendemain.

Des bruits étranges au-dessus de lui, des frottements, des glissements, le sortirent de sa torpeur :

« Qui va là ? cria-t-il anxieux, en se redressant.

– Silence ! souffla une voix au dehors. Vous voulez nous faire tuer ? »

Une silhouette sombre passa rapidement derrière les barreaux.

« Qui êtes-vous ? Que voulez-vous ? reprit Youssef apeuré.

– Holà, vieillard, toujours vivant ? Les rats ne vous ont pas encore mangé ? »

Au ton moqueur de l'interjection, le disciple reconnut le petit Mustapha. Il soupira de soulagement, car il estimait que Praxilas était tout à fait capable de lui envoyer des assassins pour le faire disparaître discrètement de la surface de la Terre.

« Es-tu sur le toit ? Comment as-tu fait pour grimper jusque-là ?

– Je suis plein de ressource ! D'ailleurs je vous apporte un peu de réconfort de la part de ma mère... »

L'enfant fit glisser une petite bourse de cuir à travers les barreaux, attachée à une ficelle qu'il dévida prestement. Le vieux s'en saisit, et l'ouvrit sans plus attendre. Il y trouva du pain et du fromage, ainsi qu'une petite flasque qui devait contenir du vin.

« De quoi vous maintenir en forme ! dit Mustapha. Je n'ai malheureusement pas les moyens de vous faire sortir d'ici. »

Affamé, le vieux se mit à dévorer ce qu'on lui avait envoyé.

« Alors, quelles nouvelles ? articula-t-il entre deux bouchées. Comment va Almitra ?

– Elle va bien, mais elle est inquiète pour vous.

– Dis-lui que je m'en sortirai, j'en ai vu d'autres...

– Dans la ville, par contre, ça va mal. Le peuple s'agite, et on peut dire que vous avez mis une belle pagaille !

– Comment aurais-je pu ? Personne ne me connaît !

– Il se passe pourtant des choses bien étranges, depuis que vous êtes arrivé. On voit même des graffitis au nom d'Almustafa se multiplier sur les murs !

– Comment ? Mais cela ne rime à rien ! Pourquoi mêler le Maître à toute cette affaire ?

– Je ne sais pas qui est à la manœuvre en sous-main, mais votre arrestation a déclenché des émeutes, ce qui a fort énervé Praxilas. Il nous impose désormais une loi martiale et un couvre-feu qui nous privent de nos libertés. »

Le vieux disciple se gratta le front, prenant quelques instants de réflexion pour démêler la situation, qui devenait folle.

« Cela me dépasse, admit-il finalement. Je crois qu'on essaie de salir le nom du Prophète, mais j'ignore dans quel but. Je note toutefois que le couvre-feu n'entrave pas trop tes mouvements !

– Je ne suis pas le genre d'oiseau que l'on retient dans une cage... »

A présent rassasié, le vieux voyageur avait repris ses esprits, et d'autres préoccupations lui revinrent en tête :

« Écoute, Mustapha, c'est la providence qui t'envoie : il se passe quelque chose de très grave, et de plus urgent que tout le reste. Tu dois absolument prévenir ta mère...

– Plus grave que l'invasion d'Orphalèse par des troupes étrangères ? Et que le couvre-feu ?

– Des jeunes se sont cachés dans la montagne, et j'ai rencontré leur chef par hasard. Ils projettent d'attaquer la ville pour éliminer les soldats, ou les rejeter à la mer !

– Riche idée ! Qui est leur chef ?

– Il m'a dit s'appeler Karim, mais j'ai compris qu'il n'y connaissait rien au commandement, ni à la guerre...

– Karim ? Je le connais, c'est un benêt ! Il n'y arrivera jamais !

– Me crois-tu quand je te dis qu'il serait capable des pires folies ?

– Si fait...

– Je crains qu'ils ne se fassent massacrer, et beaucoup d'habitants avec eux. J'ai prévenu l'édile Zaïn, mais je ne suis pas sûr qu'il fasse grand chose. Mettez-vous à l'abri, quittez la ville avant qu'il ne soit trop tard ! »

*

* *

111

Alors que les ténèbres s'amoncelaient au-dehors, cha-cun sentait que de terribles épreuves étaient sur le point de frapper la ville, et un avant-goût de fin du monde planait dans les rues silencieuses et pénétrait dans les maisons.

Almitra n'échappait pas à cette ambiance délétère, qui avait trouvé refuge dans son ventre sous la forme d'une boule d'angoisse qui ne la quittait plus. Elle tenait entre ses mains un disque de cuivre parfaitement poli, un miroir qui lui renvoyait fidèlement l'image de la femme âgée qu'elle était devenue. Depuis des heures, elle scrutait ainsi ses traits, sans complaisance, tentant de lire dans son propre regard des réponses à ses questions, comptant dans les sillons qui la marquaient le bilan de sa vie écoulée.

Qu'avait-elle fait, durant toutes ces années ? Avait-elle, à tout moment, exprimé la partie la plus élevée d'elle-même ? Avait-elle toujours fait de son mieux, participé à l'amélioration de la vie de ses contemporains, dans tous ses aspects ? Avait-elle partagé la lumière qu'elle avait reçue ? En un mot, avait-elle été fidèle aux enseignements d'Almustafa ?

Souvent elle se demandait pourquoi elle ne l'avait pas suivi, lorsqu'il avait quitté Orphalèse. Et plus tard, quand sa renommée grandissait de l'autre côté de la mer, que ne l'avait-elle rejoint ? L'aurait-il choisie parmi ses disciples ? Elle n'en doutait pas. Qu'aurait-elle fait alors, dans les derniers instants, quand les forces obscures forçaient la Lumière à s'éteindre, tentaient de ternir l'éclat de ses mots en les couvrant d'opprobre, détruisaient le plus beau ca-deau de La Vie au monde ? Aurait-elle fait barrage de son corps, combattant bec et ongle pour le protéger ? Serait-elle morte bravement à ses côtés, sans jamais renier ses idéaux ? Ou aurait-elle été comme la majorité, peureuse et fuyante, disparaissant soudain dans l'anonymat réconfor-tant de la foule ?

Au lieu de cette vie d'aventure, elle avait choisi de fonder une famille, d'avoir un enfant. Le combat entre son esprit et ses entrailles avait tourné court, l'esprit n'avait, dès le départ, aucune chance. Jusqu'ici, elle n'avait jamais regretté ce chemin de vie. Mais, à l'improviste, les derniers événements faisaient ressurgir les dilemmes du passé.

« Voici revenus les jours sombres de la traque, se disait-elle. Le passé revient frapper à ta porte, et la menace que l'on croyait éloignée à jamais est soudain dans nos murs. Tous nos amis seront chassés et mis hors d'état de nuire. Comment réagiras-tu ? Te tiendras-tu debout face à l'oppresseur ? Ou tenteras-tu de disparaître comme un lapin dans son terrier, attendant que le danger passe au loin ? »

Elle se souvint de ce que disait le Prophète sur ce qui attendait ceux qui le suivraient, ou voudraient exprimer sa vérité.

« Plus vous laisserez la Conscience Divine pénétrer votre vie, et en modifier la tonalité, plus votre comportement, vos paroles, votre façon d'être, paraîtront étranges à vos contemporains. Car à mesure que votre imprégnation augmentera, le besoin d'exprimer la divinité en vous de toutes les manières deviendra irrépressible.

« Avec le temps, vos priorités changeront. Vous aurez de moins en moins besoin de leur regard, de leur assentiment pour être heureux. Leur mépris de plus en plus vif, leurs critiques de plus en plus acerbes, ne vous toucheront plus. Ils se riront de vous, moqueront vos paroles, vos vêtements, votre nourriture.

« Vous voudrez parler du soleil à ceux qui ont toujours vécu dans une cave, et ils vous détesteront pour cela.

« A cause de ce que je vous ai enseigné, vous serez traités de fous, molestés, rejetés en dehors des villes. On vous poussera à la solitude, mais vous n'en aurez cure, car vous serez comblés par toutes vos découvertes, et votre dialogue de moins en moins interrompu avec l'Universel.

« Et quand vous vous croirez enfin en paix, des moments d'inconfort se présenteront à vous de nouveau, vous poussant dans vos derniers retranchements encore et encore, afin de passer votre âme au laminoir, d'en retirer copeau après copeau tout ce qui n'est pas nécessaire, et de mettre au jour peu à peu la gemme précieuse qui se dissimule dans la gangue de votre cœur de pierre... »

La porte de la maison s'ouvrit brutalement, et le petit Mustapha entra dans un coup de vent, comme à son habitude.

« Ils vont attaquer la ville ! parvint-il à articuler dans son essoufflement. Ils veulent rejeter les soldats à la mer ! »

Assurément, un moment d'inconfort se présentait...

Lorsque son fils eût résumé la situation, Almitra se leva lentement. Elle n'avait jamais été aussi pâle. Il était clair pour elle, désormais, que le moment était venu de passer à l'action :

« Je dois aller parler à Karim, cette nuit même ! Je le dissuaderai de sa folle entreprise avant qu'il ne commette l'irréparable.

– Mais comment vas-tu faire, avec le couvre-feu ? »

Elle regarda son fils avec une gravité qu'il ne lui connaissait pas :

« Je vais avoir besoin de toi, et de tes amis. Peux-tu les prévenir, et leur dire de se rassembler ici le plus vite possible ?

– C'est comme si c'était fait, ils ne doivent pas être loin ! »

Le jeune garçon ressortit de la maison aussi vite qu'il était entré.

Almitra comptait utiliser la bande d'amis de son fils pour détourner l'attention des soldats qui gardaient la sortie de la ville, pendant qu'elle s'enfuirait discrètement. Il lui en coûtait de mettre ainsi en danger la chair de sa chair. Mais dans les heures sombres qu'ils traversaient, elle ne voyait pas d'autre solution.

Avec l'inconscience de la jeunesse, Mustapha avait tout de suite accepté, bien sûr. Tout cela n'était qu'un jeu de plus, une chance nouvelle de casser la routine du quotidien, et de vivre une aventure avec ses copains.

Moins d'une heure plus tard, une dizaine d'enfants étaient réunis chez l'ancienne voyante du temple, et un plan fut vite conçu, qui lui permettrait de quitter Orphalèse sans encombre à la faveur de l'obscurité.

La nuit était très avancée quand la troupe de vauriens sortit de la maison, devançant Almitra de quelques minutes. Leur stratégie était bien au point, car ils l'avaient déjà expérimentée à maintes reprises, pour de mauvaises blagues ou de petits larcins sans gravité. Cette fois, cependant, ils allaient se frotter à des soldats de métier, dans un état de nervosité extrême, qui n'auraient pas d'état d'âme s'ils les attrapaient. Les petits conspirateurs s'évaporèrent donc silencieusement dans les ruelles, avec au ventre un mélange d'excitation et d'appréhension. Chacun passerait à l'action au signal convenu, une fois que tous se seraient rapprochés de la porte de la ville qui donnait sur la montagne.

Promu chef de la bande pour cette mission spéciale, Mustapha arriva le premier aux abords de la grande porte de l'Est. Se faufilant sur la crête d'un toit, il risqua un regard vers les remparts. Par chance, seules deux sentinelles étaient d'astreinte cette fois. On allait facilement les disperser !

Depuis toujours, il est universellement reconnu que le cri de la chouette hulotte est le signal du passage à l'action. Les enfants savaient donc parfaitement ce qu'ils avaient à faire lorsqu'ils l'entendirent retentir par-dessus les toits. Ils saisirent leurs frondes, et ajustèrent soigneusement la tête du soldat le plus proche, dont le casque brillait faiblement à la lueur de la lune.

Le premier projectile fit mouche, et l'homme jura, plus de surprise que de douleur. Il n'eut pas le temps de comprendre ce qui lui arrivait que déjà une pluie de petites pierres rondes, choisies avec soin, commença à le frapper sur tout le corps, avec une précision diabolique. Pendant qu'il reculait pour se mettre à l'abri, l'autre garde cherchait les agresseurs du regard, tentant de percer l'obscurité au-dessus des maisons qui l'entouraient.

L'attaque cessa soudain, puis un bruit de cavalcade se fit entendre à l'autre bout de la rue. Piqués au vif, les soldats se précipitèrent en dégainant leurs épées, quittant leur poste sans plus réfléchir.

Tandis qu'ils s'éloignaient à la poursuite des enfants, Almitra se faufila entre les battants de la lourde porte qui protégeait la cité. Elle savait qu'elle n'avait que quelques minutes devant elle pour s'éloigner suffisamment et se mettre à couvert ; elle pressa donc le pas vers les premiers bosquets, en essayant de faire le moins de bruit possible.

Au final, tout s'était passé au mieux. Elle fit une rapide prière pour son fils et les autres garçons, qui avaient pris tous les risques et n'étaient pas encore hors de danger, avant de s'enfoncer dans la nuit, à l'assaut des premiers contreforts, sur des sentiers que seuls connaissaient les chasseurs et les guérisseurs à la recherche de simples.

Troisième partie

Yesmena

CELA faisait près d'une heure que Mustapha s'amusait avec les gardes. Toujours invisible, il les rendait fous en leur lançant des morceaux de tuiles, puis en changeant brusquement de rue en sautant de toit en toit, escaladant les terrasses ou jouant le funambule sur l'arête d'un muret.

Mais il commençait à fatiguer, et pensait que sa mission, donner à sa mère le temps de s'éloigner, était largement remplie.

Il s'apprêtait donc à rentrer chez lui quand, à proximité d'une petite place, il fut le témoin d'une étrange activité, qui aurait peut-être semblé moins suspecte si elle ne s'était déroulée de nuit.

De nombreux soldats de Praxilas se trouvaient là, s'affairant silencieusement à monter des entassements hétéroclites de sacs de sable, de bouts de bois, de morceaux de palissades... Mais que fabriquaient-ils donc ? Certainement rien de bon pour les habitants d'Orphalèse.

Frustré de ne pouvoir en voir plus, enfoncé qu'il était dans l'espace formé par deux maisons disjointes, il grimpa sur le toit le plus proche et se redressa en oubliant toute prudence, au moment même où la lune sortait des nuages.

« Le voilà, je le vois ! cria une voix derrière lui en contrebas. Cette fois on le tient ! »

Mustapha maudit sa curiosité et reprit sa cavalcade acrobatique. Mais la lassitude et l'obscurité eurent raison de son adresse, et son pied buta contre deux tuiles disjointes. Déséquilibré, il s'affala de tout son long et dé-gringola la pente sans pouvoir se retenir, jusqu'à tomber dans le vide.

Pendant les deux secondes interminables que dura sa chute, il se sentit mourir... mais fort heureusement, il fut amorti par un tas de paniers et de ballots, et s'en sortit sans une égratignure.

Reprenant ses esprits, le jeune garçon se rendit compte qu'il était tombé dans une cour intérieure minuscule, ren-due plus exiguë encore par l'amoncellement invraisem-blable de sacs et accessoires divers, de peintures, de vases et de pots qui s'entassaient pêle-mêle en colonnades in-certaines, jusqu'à atteindre les balcons en surplomb. Sans doute la réserve d'une échoppe quelconque...

Alarmé par le vacarme un homme passa sa tête par le chambranle d'une porte qui donnait sur la cour :

« Bienvenue chez Alhéna et Munir, petit, chuchota-t-il, nullement effrayé, et encore moins en colère. Qu'est-ce qui t'amène, à cette heure, chez les meilleurs potiers du pays ? »

Dans la rue cependant, l'excitation des gardes était à son comble. Après avoir tambouriné à la porte quelques instants, ils l'enfoncèrent avec fracas et s'engouffrèrent dans la boutique.

Alarmée, Alhéna avait à peine eu le temps de se vêtir et de sortir de sa chambre, pour se retrouver entourée par les hommes en armes, sans comprendre ce qui se passait.

« Un fugitif se cache chez vous, cria l'un des soldats en la saisissant violemment par le bras. Livrez-le nous, ou nous vous arrêtons à sa place ! »

Il la secoua sans ménagement.

« Je ne sais pas de quoi vous parlez ! hurla-t-elle à son

tour. Lâchez-moi !

– Il était sur ton toit il y a un instant.

– Elle n'a rien vu chef, elle est aveugle, dit un autre en riant.

– Si c'est comme ça, nous fouillerons nous-mêmes » rétorqua le gradé.

Il frappa Alhéna au visage, et elle s'écroula au milieu des vases et des assiettes, en brisant beaucoup de ses précieuses créations.

Enragés par la traque qui se prolongeait, les hommes commencèrent à tout casser dans la boutique, puis pénétrèrent dans l'atelier.

« Alors, garce, que caches-tu derrière cette tenture, hein ? »

Le chef eut un mouvement de recul.

« Mais qu'est-ce que c'est que ça ? »

Le spectacle qui s'offrait à eux les figea d'horreur. Un infirme difforme se roulait en tous sens à leurs pieds, l'écume aux lèvres et hurlant comme un démon.

Ils reculèrent vivement alors que le pauvre être grouillant tentait de saisir leurs jambes en jetant des regards déments.

« Il est atteint du haut mal, dit l'un des soldats d'une voix blanche. Quiconque le touchera sera maudit ! »

La petite troupe s'éloigna comme un seul homme, brusquement refroidie.

« Le fuyard ne peut pas être là. » décida brutalement le gradé après avoir balayé l'atelier d'un rapide coup d'œil circulaire.

Les soldats sortirent en désordre de la boutique, aussi précipitamment qu'ils y étaient entrés.

Après avoir attendu quelques minutes que le silence nocturne soit revenu dans la rue, Mustapha sortit de sa cachette et se précipita vers Alhéna qui gisait toujours dans les débris de poterie.

Munir arriva lui aussi de l'atelier, bien content du tour qu'il avait joué aux envahisseurs. Il est si facile, quand on est handicapé, de faire peur aux âmes simples !

Mais son sourire disparut quand il vit l'état de sa sœur, qui se relevait à peine. Le visage tuméfié, la lèvre ouverte, elle s'était blessée à de multiples endroits en tombant sur les tessons.

Encore choqués par ce qui venait de se passer, conscients qu'ils avaient échappé de peu à des tourments beaucoup plus graves, ils se serrèrent longuement, tous les trois, sans prononcer une parole.

Ce fut Alhéna qui brisa le silence :

« Reste avec nous jusqu'au matin, tu seras en sécurité. »

Mustapha acquiesça.

PENDANT ce temps, dans la nuit rendue impénétrable par l'épaisseur de la forêt, Almitra avançait beaucoup plus lentement qu'elle ne l'avait espéré. Elle pensait que sa connaissance des chemins compenserait le manque de visibilité, mais il n'en était rien. Plus de dix fois, elle se crut perdue pour de bon, jusqu'à ce que, par miracle, elle émerge enfin des frondaisons, et voit les pentes de craie luire sous la lune, lui indiquant la bonne direction.

Elle s'autorisa quelques instants de répit pour reprendre son souffle, écoutant les bruits étranges des animaux nocturnes de la montagne, craignant toujours d'avoir été suivie. Puis, prenant son courage à deux mains, elle entama la partie la plus difficile de son ascension.

Dans sa hâte, elle n'avait pris qu'une étole pour se protéger des frimas, et elle avait beau la serrer contre elle, la pièce d'étoffe se révélait bien insuffisante, alors que les heures les plus froides commençaient à peine. Tandis que ses modestes sandales s'écornaient sur les pierres du sentier qui roulaient sous son poids, et que l'air vif de l'altitude la dardait d'aiguilles qui la faisaient grelotter, elle se demanda encore quelle folie l'avait prise. Mais il était désormais trop tard pour faire demi-tour.

La pénible escalade semblait durer depuis une éternité, quand brusquement, au sortir d'une boucle, elle vit la lueur de feux légèrement en contre-bas. Comme elle l'avait pressenti, Karim avait choisi un lieu chargé de magie et d'histoire pour installer son bivouac. Il lui était facile d'y attirer les fuyards, car c'était un endroit connu de tous les habitants d'Orphalèse, où gisaient les vestiges d'une civilisation antique, peut-être de géants. Ils avaient été les premiers à habiter ces lieux, en des temps immémoriaux, et ne subsistaient de leurs constructions fantastiques que quelques pierres levées ornées de gravures, ainsi que des têtes immenses tombées au sol, fracturées, mutilées, à moitié enfouies dans la terre.

Alors qu'elle s'approchait, elle écarquilla les yeux devant les dimensions du campement que les fuyards avaient aménagé à la hâte. Combien donc étaient-ils ? Il y avait bien là plusieurs dizaines de tentes, et une multitude semblait s'agiter dans les allées improvisées.

Établies sur un plateau élevé, sur l'autre versant de la montagne, les installations des maquisards étaient invisibles de la cité. Persuadés d'être en sécurité, et surtout à cause de leur inexpérience, ils n'avaient pas posté de gardes, et Almitra put cheminer parmi les abris sommaires sans être arrêtée. Les petits groupes qu'elle traversait, au milieu desquels elle passait comme un fantôme, semblaient sortir à peine de l'enfance, et donnaient l'impression que tout ceci n'était qu'un jeu. On riait, on se courait après ; on s'embrassait aussi, car beaucoup de filles avaient quitté leur famille, par amour ou par conviction. Partout régnaient l'improvisation et le désordre. Ce petit monde était tellement absorbé par les préparatifs de la bataille prochaine, qu'on ne lui posa aucune question. Au culot, elle demanda où se trouvait Karim, et, à sa grande surprise, on lui indiqua sa tente sans plus d'ambages. Elle y pénétra d'un pas décidé, investie de toute sa volonté de convaincre.

Karim était là, en train de manger. Mollement affalé à un semblant de table, il avalait négligemment quelques grains de raisin, semblant totalement indifférent à l'agitation autour de lui. Lorsqu'il reconnut son hôte inattendue, il se leva avec respect :

« Vous êtes Almitra, n'est-ce pas, la voyante du temple ? » lui dit-il en lui tendant une coupe de vin qu'il venait de remplir.

Elle l'accepta avec reconnaissance, car elle était à bout de force. Tout le monde la connaissait et l'aimait, et elle était devenue, avec le temps, l'une des notables de la ville, par le cœur sinon par le pouvoir. C'est donc avec tous les égards qu'il l'invita à s'asseoir et à se restaurer.

Elle prit la parole sans attendre, car le soleil était sur le point de se lever :

« Je me souviens du temps où ta mère t'amenait au temple, pour que je la conseille à ton sujet. Elle ne savait pas quoi faire de toi, car déjà tu n'en faisais qu'à ta tête...

– Je me le rappelle aussi, un peu... Vos pouvoirs de voyance étaient réputés dans toute la région, et au-delà. Mais vous n'avez rien vu venir de ce qui se passe depuis quelques semaines dans la cité, il me semble.

– A ma décharge, il y a longtemps que je me suis retirée des turpitudes de la société. Mais tu as raison, je n'avais pas prévu qu'un de nos enfants mettrait en danger tous les autres par sa folie égocentrique. Je connais tes plans, et suis venue t'en dissuader : tu cours à ta perte, et tu emmènes nos jeunes vers une mort certaine ! »

Karim éclata de rire :

« Tu as parlé au vieux Youssef, non ? Vous avez le même discours ! Décidément, on ne peut pas compter sur les cheveux blancs pour faire la révolution... Évidemment qu'il y a des risques, je ne les minimise pas. Mais ce n'est pas en restant cramponnés à votre tranquillité, à vos habitudes, à votre couardise, que vous ferez bouger les choses.

– As-tu déjà connu la guerre ? Je te parle du massacre de dizaines d'entre vous : vous ne vous êtes jamais battus, et vous voulez affronter des soldats aguerris !

– Certains d'entre nous seront sacrifiés, sans doute. Mais as-tu considéré notre nombre ? Nous allons déferler comme les vagues de l'océan sur Orphalèse, comme les plaies de la colère de Dieu, et rien ne pourra nous résister, pas même l'armée de Praxilas. Les rares survivants dans leurs rangs s'enfuiront la queue entre les jambes. »

Karim s'interrompit pour boire une gorgée de vin. Puis il prêta attention aux rumeurs du dehors.

« Quand je dis que Youssef est trop vieux pour le combat, j'ai tort, reprit-il. Même s'il y participe sans le savoir...

– Que veux-tu dire ?

– Son arrivée a réveillé le spectre du prophète Almustafa, alors que tout le monde à Orphalèse l'avait oublié. Moi-même, je l'avoue, ignorais jusqu'à son existence il y a peu. Pourtant, grâce à Youssef, j'ai pu constater que son souvenir était encore bien vivant par ici. Je me suis renseigné sur son histoire, ses idées. Les anciens le considèrent comme un enfant du pays. J'ai compris qu'en fait c'était un héros local, qui était mort en martyr, sous les coups de ceux-là même qui nous envahissent aujourd'hui !

– J'ai peur de comprendre où tu veux en venir...

– J'ai donc commencé à faire peindre le nom du prophète en lettres de sang dans les rues, et le succès a dépassé mes espérances !

– Tu es fou ! Almustafa était un homme de paix, comment oses-tu souiller son nom de la sorte ?

– Ne vois-tu pas que tout se déroule magnifiquement ? Que toutes les pièces s'imbriquent à merveille, et que, désormais, tu ne peux stopper ce qui a commencé ? »

Le visage de la voyante se décomposait à mesure que

le rebelle déroulait son plan.

« Et le plus beau, c'est que la touche finale a encore été apportée par Youssef, lorsqu'il s'est fait arrêter à point nommé ; c'était le moment idéal pour mettre le feu aux âmes, et le peuple a réagi comme il le fallait. Il est maintenant prêt à soutenir notre action, car il est convaincu de son bien-fondé ! »

Plus le jeune homme parlait, plus Almitra bouillait sur place :

« Tu es d'un innommable cynisme ! Tu es un monstre ! explosa-t-elle. Je te prenais pour un idéaliste, mais tu n'es qu'un arriviste minable, qui foule au pied les valeurs les plus sacrées pour assouvir ta soif de pouvoir !

– Tout doux, vieille femme ! C'est ainsi que tu me traites, quand tu t'invites chez moi et que je t'accueille les bras ouverts ?

– Si j'étais ta mère, je te donnerais une bonne fessée, et l'affaire serait réglée ! Mais je me rends compte que je ne peux te faire changer d'avis... Je t'invite cependant à bien réfléchir aux conséquences de tes actes, car tu peux encore tout arrêter ! Et si tu ne dois connaître qu'une parole d'Almustafa, que ce soit celle-ci : « Si tu as le choix entre la mort et la vie, choisis la vie ! »

– Je t'ai entendue, mais je n'ai pas le choix. Viens, suismoi ! C'est l'aube, l'heure à laquelle s'écrit l'Histoire ! »

Il ouvrit d'un geste brusque le drap qui masquait l'entrée de sa tente, et se jeta dehors en faisant des moulinets avec son épée. Livide, désespérée, Almitra le suivit en se tordant les mains.

Karim grimpa sur un monolithe effondré, sur lequel subsistaient encore quelques traces de gravures aussi vieilles que l'humanité. Comme si l'heure du rendez-vous avait été fixée de longue date, les révoltés avaient déjà commencé à se rassembler autour de leur chef.

Après avoir jeté un regard circulaire pour jauger ses troupes, il désigna brusquement Almitra de la pointe de sa lame, alors qu'elle tentait de s'éloigner.

« Regardez cette femme, dit-il. Beaucoup d'entre vous la connaissent, ne serait-ce que de réputation. Sa science de la médecine et de la divination a sauvé beaucoup de nos familles. Il s'agit d'Almitra, l'amie la plus proche de notre guide Almustafa ! »

Tous les regards convergèrent alors vers celle que personne, jusqu'ici, n'avait remarquée, et le silence se fit.

« Elle est venue me porter les dernières nouvelles de notre frère Youssef, le plus proche disciple de notre Bien-Aimé, injustement emprisonné par les envahisseurs, ajouta le jeune chef. Il attend notre intervention avec impatience, car il craint pour sa vie ! De plus Almitra bénit notre action au nom d'Almustafa, qui s'est toujours battu pour la liberté, et est même mort pour elle ! »

Médusée, elle vit tous ces jeunes gens soudain devenus comme fous, agitant frénétiquement leur poing en l'air, tenant à bout de bras les armes de fortune qu'ils avaient volées dans la ville ou les champs alentour, rapières et faucilles, simples bâtons ou pauvres piques confectionnées à la hâte dans le camp.

Lorsque Karim sentit qu'ils étaient suffisamment é-chauffés, il désigna l'océan, loin en contrebas :

« Suivez-moi, enfants d'Orphalèse ! L'heure est venue, nous ne pouvons attendre plus longtemps ! Reprenons ce qui nous appartient ! Pour la liberté ! Pour Almustafa ! »

Une clameur massive salua son commandement, et tous se mirent en marche en direction de la ville, aux cris de « Al-mus-ta-fa ! Al-mus-ta-fa ! ».

Karim jeta un dernier regard de triomphe à la vieille femme, avant de sauter pour se perdre dans la foule.

« Assassin ! » souffla-t-elle entre ses dents, tandis

qu'elle sentait monter des larmes d'impuissance.

L E plan de Karim était simple, ce qui, selon lui, était la clef du succès. Il avait divisé ses troupes en deux sections égales, qui chacune entrerait dans la ville par une porte opposée, l'une à l'est et l'autre à l'ouest. Elles convergeraient ensuite vers le centre de la cité, la place du marché et le port, pour encercler les occupants et les réduire à néant. Orphalèse comptait de nombreuses portes, mais celles que le jeune stratège avait choisies semblaient les plus facilement prenables, car leur proximité de la mer les privait d'une bonne défense.

Les premiers feux du disque solaire pointaient à peine au-dessus de l'océan quand Karim et son avant-garde arrivèrent en vue des remparts qui surplombaient la porte de l'Est. Ils observèrent un moment les allers et venues des sentinelles entre les créneaux, jaugeant la distance qui les séparait des lourds vantaux qui leur barraient l'accès de la ville, et qu'il leur faudrait enfoncer.

Tous les combattants de la jeune armée de Karim n'étaient pas sans expérience. Certains, qu'il avait envoyés en avant-garde, étaient en effet d'excellents chasseurs, qui maniaient l'arc avec dextérité et précision, et s'approchaient de leurs proies avec une discrétion mortelle.

Une fois qu'ils se furent bien imprégnés de la routine des gardes de Praxilas, les archers se glissèrent donc silencieusement vers les remparts, et, en profitant des quelques cachettes qu'offrait le relief de la côte rocheuse aux abords de la cité, réussirent à se poster presque en dessous de l'ennemi, à distance de tir. Il s'agissait d'éliminer les gardes le plus silencieusement possible, avant qu'ils ne donnent l'alarme.

Après s'être concertés d'un coup d'œil, les chasseurs décochèrent leurs flèches simultanément, et en un instant, trois soldats tombèrent sans un cri.

Karim attendit une minute pour juger des réactions derrière la muraille suite à cette attaque surprise, mais rien ne se produisit. Ils avaient vraisemblablement neutralisé toutes les sentinelles de cette entrée de la cité !

Il ordonna alors à ses troupes de courir vers les portes et de les ouvrir aussi vite que possible pour profiter de l'effet de surprise.

Mais alors que les premiers assaillants atteignaient les remparts, ils virent avec horreur s'écrouler des camarades derrière eux en hurlant de douleur.

Deux autres soldats étaient en effet apparus entre les créneaux, et tentaient de résister à la marée humaine qui se précipitait vers eux en lui décochant flèche sur flèche. Il fallut plusieurs secondes interminables avant que les archers de Karim ne puissent enfin les atteindre et les mettre hors d'état de nuire.

Les rebelles se rassemblèrent alors aux portes, et les enfoncèrent en quelques coups violents et sonores, à l'aide d'un bélier qu'ils avaient confectionné dans la montagne avec un tronc énorme de cèdre centenaire. Galvanisés par ces premiers succès acquis rapidement et presque sans coup férir, ils se ruèrent ensuite dans la ville en hurlant de joie, sûrs de leur victoire. Il n'était plus question désormais de discrétion, mais de vitesse dans la conquête des points névralgiques de la ville.

Mais une fois à l'intérieur, alors qu'ils s'attendaient à

une forte résistance, à devoir avancer sous un déluge de feu, ils ne rencontrèrent âme qui vive.

Surpris, les plus âgés des premiers rangs ralentirent l'allure en constatant que toutes les rues qui partaient de l'entrée de la ville étaient désertes, sans aucune défense. Se pouvait-il qu'un piège leur soit tendu ?

Ils n'eurent pas le temps de réfléchir longtemps, car déjà des adolescents pleins de fougue, confiants en leur bonne étoile, les poussaient et les dépassaient pour pénétrer plus avant dans Orphalèse.

« Dépêchez-vous ! criaient-ils. Nous les avons eus par surprise ! »

Passant en jouant des coudes par le goulot d'étranglement de la porte, la masse grouillante des libérateurs se déversa alors tant bien que mal dans Orphalèse, en se répandant dans la rue qui menait droit au centre de la cité.

Mais après qu'une bonne moitié des jeunes rebelles eût passé les portes, des silhouettes sombres et menaçantes apparurent brusquement sur les crêtes des toits des maisons qui jouxtaient l'entrée de la cité, et concentrèrent un tir nourri sur la cohue désordonnée qui se bousculait pour passer.

Ne pouvant ni avancer ni reculer, de nombreux jeunes furent touchés et laissés sur place, entre les battants béants de la Porte de l'Est, avant que, pris de panique, les survivants ne se séparent finalement en deux groupes : ceux qui avaient réussi à pénétrer dans la ville coururent plus avant vers le centre pour se mettre à l'abri, pendant que ceux qui étaient restés hors des remparts s'en éloignèrent rapidement pour être hors de portée des archers ennemis.

Les soldats de Praxilas profitèrent de ces quelques instants de désorganisation pour refermer et consolider les portes, après les avoir dégagées des corps qui les encombraient. Remontant sur les remparts, ils poussèrent des cris de victoire à l'adresse des troupes de Karim qui étaient retournées au pied de la montagne.

Celles-ci n'avaient toujours pas compris ce qui venait de se passer. Médusées par ce brusque retournement de situation, coupées de leur chef qui était resté prisonnier à l'intérieur, elles ne savaient plus quelle conduite adopter.

*
* *

Après la brusque disparition des jeunes d'Orphalèse, Praxilas avait prévu qu'une attaque de ce genre pourrait avoir lieu à tout moment. Il avait donc mobilisé ses faibles forces, aidées par la milice de Zaïn qui connaissait les points de passages cruciaux de la ville, pour barricader certaines rues en un temps record, pendant la nuit, et établir un passage obligatoire, qui contiendrait les vagues d'assaut désordonnées de Karim, et les amèneraient là où il le voulait : dans des culs-de-sacs mortels où ses hommes, positionnés en hauteur et à l'abri, pourrait les décimer comme à l'entraînement. En faisant participer ses miliciens à cette entreprise macabre, l'édile avait désormais franchi un degré irréversible dans sa politique de collaboration, qui devenait complicité de crime.

Le général était un fin stratège et, posté au sommet de l'une des plus hautes tours d'Orphalèse, il avait observé avec délectation, battant des mains comme un enfant, l'armée de Karim se faire couper en deux au passage des portes, rétablissant quelque peu l'équilibre des forces en présence.

A présent, il pouvait voir avec une satisfaction morbide les mouvements de la foule des rebelles piégée *intramuros*, masse vociférante et anarchique, suivre les parcours qu'il leur avait imposés. Telle une bête visqueuse, elle se déversait dans les ruelles, cherchant son chemin, se divisant à chaque carrefour, essayant de reculer quand elle rencontrait une barricade, mais ne le pouvant pas, poussée par l'arrière-garde dont l'inertie la précipitait dans les recoins dont elle ne pourrait plus sortir.

La plupart des jeunes gens n'avaient jamais vu la mort de près, et n'imaginaient pas l'horreur des combats de rues. Les quelques notions rudimentaires de discipline qu'ils avaient acquises dans la montagne s'évaporèrent lorsque les premiers compagnons tombèrent à terre en hurlant, touchés par les traits imparables venus du ciel.

Piégés comme des troupeaux de moutons dans ces impasses nues n'offrant aucune protection, ils ne comprirent que trop tard qu'ils s'étaient fait manipuler. Tournant des regards affolés en tous sens, ils oubliaient soudain leur colère et leur soif d'en découdre pour céder à la panique.

Alors que la plupart cherchaient désespérément un abri dans un réflexe animal, d'autres, plus aguerris, plus inconscients, ou simplement poussés hors d'eux-mêmes par le danger, se mirent en tête d'aller déloger les soldats qui les massacraient depuis les toits. Ils s'engouffrèrent dans les maisons en défonçant les portes et montèrent à l'assaut des escaliers, vers les terrasses où s'étaient postés leurs bourreaux. Mais là-haut, on les attendait de pied ferme, et l'étroitesse des passages qui ouvraient sur les toits permettait aux épées de les cueillir un par un, sans que les rebelles puissent représenter le moindre danger.

Avec l'énergie du désespoir, et sans doute parce qu'il était le plus motivé, Karim se battait comme un lion. Suivi de quelques autres, il avait réussi à escalader une barricade, et se précipitait vers le centre-ville à la recherche de Praxilas. Ne rencontrant que peu de résistance au début, ils se défirent facilement de quelques miliciens faiblement armés. Mais au fur et à mesure qu'ils progressaient, les soldats se lançaient à leur poursuite de plus en plus nombreux, en les touchant les uns après les autres.

Bientôt, ils ne furent plus qu'une poignée à résister encore, acculés sur les marches du temple, qu'ils grimpèrent peu à peu, à reculons, poussés par les attaques conjointes des miliciens et des occupants.

Karim tambourina sur les lourds battants qui fermaient l'accès au sanctuaire, jouant son va-tout :

« Asile ! hurla-t-il avec désespoir. Je demande droit d'asile ! Sauvez des enfants d'Orphalèse menacés de mort ! »

De l'autre côté de la porte, des novices avaient voulu lui ouvrir. Mais le Vénérable les en avait empêchés. Ils étaient restés là, silencieux, sans bouger, attendant la fin inéluctable de l'assaut, seulement séparés de l'horreur par l'épaisseur du bois.

Lorsque son dernier compagnon fut tombé à ses pieds, Karim sentit ses forces l'abandonner. Dans un cri de rage, il jeta son épée et leva les mains en signe de reddition.

Couvert de sang, le corps lacéré de multiples blessures, il ne protesta pas quand des soldats le garrottèrent et le firent tomber à genoux, le rouant de coups. C'est inconscient qu'il fut transporté à la prison, dans une cellule proche de celle de Youssef.

*
* *

Il fallut du temps après que le tumulte des armes se fût estompé pour que les habitants osent remettre le nez dehors. Les rues avaient souffert de l'âpreté des combats, mais il était impossible de mesurer l'étendue des dégâts, ni les pertes dans les rangs des enfants d'Orphalèse. Praxilas comprit qu'il avait échappé de peu à une catastrophe, à la submersion de ses troupes sous le nombre, mais qu'elle était encore possible si la cité était prise d'un accès de colère vengeresse. Par chance, les troupes de Karim qui n'avaient pas pu pénétrer dans la ville avaient fui dans les montagnes, regagnant sans doute leurs campements de fortune. Mais avant peu, peut-être se remotiveraient-elles, et lanceraient-elles de nouvelles attaques désespérées...

Pour le moment, Orphalèse était sonnée, meurtrie. Vidée de ses forces vives, elle le reconnaissait pour son vainqueur. Il lui fallait donc aller très vite pour tuer dans l'œuf toute velléité de rébellion ultérieure, tout en se parant de la légalité d'un jugement des autorités locales.

Un simulacre de procès fut organisé à la hâte, et la condamnation à mort de Karim proclamée dans la soirée par des affiches placardées sur toutes les portes des lieux publics d'Orphalèse. Elle serait appliquée dès le lendemain et, sous la pression du général, les juges avaient choisi la lapidation, comme pour rappeler le sort que subiraient tous les adeptes d'Almustafa s'ils persévéraient dans leur fanatisme.

L E ciel était bas et sombre lorsqu'au petit matin, le lendemain, on amena Karim sur le lieu de son exécution, un petit espace désert sous les remparts de la ville. Les soldats qui l'avaient escorté le laissèrent au pied d'un mur, pendant que les habitants d'Orphalèse commençaient à se rassembler en cercle autour de lui, encadrés par la troupe de Praxilas.

La nuit du jeune garçon avait dû être terrible. Il semblait avoir été roué de coups, et n'opposait plus aucune résistance.

Au premier rang apparurent bientôt les notables d'Orphalèse, emmenés par Praxilas et Zaïn. L'édile tenait fermement sa fille par le bras, car il connaissait ses sentiments pour le condamné. Mise au supplice de voir l'homme qu'elle aimait ainsi traité, elle se tordait les mains et pleurait à chaudes larmes.

Le lieutenant qui secondait Praxilas se mit à lire la sentence :

« L'homme qui se tient devant vous a été jugé et reconnu coupable de crimes contre la cité d'Orphalèse. Bravant la loi martiale promulguée pour protéger ses habitants, il a pris la tête d'un groupe de rebelles fanatiques pour attaquer la ville et répandre terreur et violence dans ses rues. Grâce au courage du général Praxilas, le pire a pu être évité, et les pertes sont restées minimes. Cependant, nous ne pouvons tolérer que de tels troubles se reproduisent. »

139

La foule commença à s'agiter. Les soldats jetaient des coups d'œil inquiets de tous côtés, tant la tension était palpable, et la situation pouvait dégénérer à tout moment.

« Entendons-nous bien, reprit l'officier en balayant l'assemblée d'un regard au tranchant de métal. Ce n'est pas notre armée qui a subi le plus grand tort, mais vous, habitants de la noble Orphalèse. Ce n'est donc pas à nous d'exécuter la sentence, mais à vous. Nous ne sommes venus qu'à la demande de l'édile Zaïn, afin d'assurer le respect de la justice, et de la sécurité de tous. »

Soudain, Yesmena s'arracha des bras de son père, et se précipita vers Karim, faisant face à la foule pour le protéger.

« Laissez-le ! hurla-t-elle. Il n'a rien fait de mal ! Ne voyez-vous pas qu'il se bat pour votre liberté ? »

Les habitants d'Orphalèse se sentaient déjà très mal à l'aise devant cette justice expéditive, mais l'irruption de la fille de l'édile les troubla tout à fait. Seul Zaïn, voulant faire respecter un semblant d'ordre, s'avança :

« Ne te mêle pas de cela, ma fille ! dit-il. Karim a été reconnu coupable de trahison contre sa cité.

– C'est faux ! Il a plus de courage que vous tous ! Il fait face à l'envahisseur, quand vous ne faites que courber l'échine ! Vous tendez vos poignets quand on veut vous entraver ! Vous tendriez le cou pour que l'on vous égorge ! »

Désarçonné par l'attitude de sa fille, dont il découvrait la véhémence, Zaïn se tourna vers le seul recours qui semblait lui rester. Une silhouette courbée et décharnée sortit alors péniblement des rangs, en s'aidant d'une longue canne pour marcher. C'était le Vénérable du temple, l'autorité morale suprême d'Orphalèse. L'édile comptait sur sa réputation de sagesse incontestée pour ramener tout le monde à la raison, et faire accepter cette décision autoritaire en invoquant La Loi.

Le vieillard pointa un long doigt squelettique vers Yesmena :

« Tu es comme Karim, dit le vieillard, votre idéalisme vous aveugle !

– C'est normal, car nous avons le même feu dans les veines ! Celui de l'amour de notre cité ! Et celui de l'amour que nous éprouvons l'un pour l'autre ! »

Levant un menton plein de défi, elle parcourut des yeux l'assemblée médusée.

« Oui, j'aime cet homme, dit-elle en désignant Karim. Il représente le meilleur de vous-même, l'avenir de votre ville ! C'est pourquoi je lui ai donné avec joie mon âme et mon corps ! »

À cet aveu, le Vénérable resta bouche bée :

« Que dis-tu ? suffoqua-t-il. Tu t'es donnée à ce mécréant ? Tu as sacrifié ta pureté, ce joyau sacré, en dehors des liens du mariage ? Et contre de belles paroles ? Maudite sois-tu !

– Et toi, vieillard ! Qui es-tu pour me dire ce que je dois faire ? De quel droit décrètes-tu tes vérités ? De quelle autorité tires-tu ton ascendant sur nos vies ?

– Du droit que je suis le représentant de Dieu sur terre ! Et j'ordonne ta punition, pécheresse !

– Ton dieu n'existe pas, car jamais il n'autoriserait une telle injustice. Tu ne représentes que ta soif de pouvoir ! »

Le prêtre écarquilla des yeux incrédules devant un tel affront. Il se retourna alors vers les habitants qui s'agitaient de plus en plus, et désigna sa victime :

« Lapidez-la ! Lapidez-les ! Punissez cette catin et son amant pleins de vices ! Entendez-vous comme ils ont piétiné La Loi ? Effacez la souillure qui a provoqué tous nos maux ! Car je vous le dis, je m'explique mieux à présent l'avalanche de nos malheurs ! »

Le trouble était au plus haut devant ce retournement de situation, et plus personne ne savait que faire. C'est alors que le capitaine fit un signal qui avait été convenu avec ses hommes. Quelques pierres commencèrent à voler. Les premiers impacts se firent d'abord entendre sur le mur, mais à mesure que de nouveaux lanceurs s'enhardissaient les coups se firent vite plus précis. Bientôt le premier sang coula, déchaînant la frénésie des habitants. Une pluie de projectiles de toutes tailles se mit à tomber sur les jeunes gens.

Atteints à la tête, Karim et Yesmena s'écroulèrent. Désormais, la plupart des pierres touchaient sur le tas de chairs ensanglantées.

« Arrêtez ! Mais arrêtez donc, vous êtes devenus fous ! »

Un homme, seul, bravant le déluge meurtrier, s'était avancé pour mettre fin au massacre. Lorsque le capitaine se rendit compte qu'il s'agissait du général Praxilas en personne, il ordonna aux soldats de former les rangs autour de leur chef, et de pointer leurs lances vers les habitants. La lapidation cessa instantanément.

Sans se soucier de ce qui se passait autour de lui, il s'agenouilla près de la jeune fille, et caressa délicatement son visage. Ses doigts grossiers de militaire écartèrent une mèche ensanglantée sur le front tuméfié, qui était si délicat, si pur, il y avait encore un instant. Il chercha le pouls dans le creux du cou.

Lorsqu'il se redressa, il était livide et visiblement très affecté. C'est avec une voix cassée qu'il s'emporta contre l'assemblée :

« La fille de l'édile n'avait rien à voir avec cette exécution ! Vous n'êtes que des singes abrutis ! »

Puis il scruta vers le ciel, les bras ballants, comme vidé

de sa substance.

Les habitants se regardèrent de travers, conscients maintenant qu'ils avaient été le jouet d'une folie éphémère. Ceux qui avaient encore une pierre dans la main la laissèrent tomber discrètement.

Le retour à Orphalèse

L A porte de la cellule de Youssef s'ouvrit brusquement, et dans un grand tumulte quatre soldats déposèrent le corps sans vie de la jeune fille sur la paillasse du prisonnier.

Le vieil homme ne put s'empêcher de réprimer un cri en constatant son état : elle avait été touchée en maints endroits, et sa tête saignait abondamment. En se redressant, il vit Praxilas qui pénétrait à son tour dans la pièce exiguë. Mais ce n'était plus le général plein de morgue qui avait soumis tant de cités. Les yeux hagards, il semblait complètement perdu.

Un examen rapide permit à Youssef de constater la sinistre vérité : l'adolescente était morte.

« Qu'as-tu fait ? Que s'est-il passé ? demanda-t-il au militaire avec une voix blanche.

– Je n'y suis pour rien, c'est elle qui s'est interposée pour sauver son amant, le rebelle. Les prêtres l'ont condamnée parce qu'elle avait péché.

– Elle est folle, et eux aussi ! Vous êtes tous fous ! »

Des larmes commencèrent à couler dans sa barbe blanche.

« Dis-moi vite, comment va-t-elle ? s'enquit Praxilas. Suis-je intervenu trop tard ? »

Le vieux secoua négativement la tête.

« Il n'y a plus rien à faire... » souffla-t-il.

Le général hurla de rage en serrant les poings, puis tomba à genoux. Doucement, il prit la main de Yesmena.

« On dit que ton prophète a rappelé de nombreuses âmes du royaume des morts, souffla-t-il. S'il t'a transmis le secret, fais-le pour moi, je t'en supplie ! »

Le vieillard caressa longuement sa barbe avant de répondre.

« La Conscience Divine seule décide qui doit revenir à la vie ou non. Ce n'est pas un acte bénin, car le départ d'un être arrive rarement au mauvais moment dans son histoire personnelle. Je peux transmettre ta demande, mais ne garantis pas qu'elle sera exaucée...

– La mort de Yesmena ne peut pas advenir maintenant, pas de cette manière ! cria le général. Ressuscite-la, je t'en conjure ! Je suis perdu sans elle ! »

Youssef secoua la tête avec impuissance.

« Les voies de la vie sont mystérieuses, dit-il, mais elles dépendent souvent de la pureté de nos intentions. Si jamais on me permettait d'accomplir un miracle, si Yesmena revenait parmi nous, que ferais-tu ? Quitterais-tu cette cité ? Libérerais-tu tous les prisonniers ? Laisserais-tu Orphalèse enfin en paix ?

– Je le jure ! Mon navire est réparé, et je n'ai plus aucune raison de rester ici. Je partirais en laissant la cité comme je l'ai trouvée. »

Les deux hommes échangèrent un regard appuyé qui scella leur accord. Puis le vieux fit signe au général de partir :

« Laisse-moi seul, car ce qui va se passer ici ne peut être vu par des yeux hostiles. J'ai besoin de sérénité et de silence. »

À regret, le militaire s'éclipsa, non sans jeter un dernier regard à la petite forme inerte dont s'approchait maintenant le disciple.

Le calme revint dans la petite pièce, et Youssef se demanda ce qu'il allait bien pouvoir faire. Il avait déjà assisté à plusieurs des miracles dont avait parlé Praxilas, mais il n'en avait jamais fait lui-même. Almustafa disait que c'était un acte de foi suprême, qu'il devenait un simple outil, un canal dont la volonté divine se servait à sa guise.

Le vieillard posa alors ses mains sur le corps de la jeune fille, une sur son front et l'autre sur son plexus, en psalmodiant une prière que lui avait apprise le Prophète, appelant la conscience divine en lui et abandonnant toute velléité personnelle.

Il se mit à répéter cette prière encore et encore, se balançant mécaniquement d'avant en arrière, et plongeant peu à peu dans un sommeil hypnotique. Il perdit toute notion du temps, oubliant ses doutes et sa peur d'échouer, s'oubliant lui-même.

Un temps infini s'écoula ainsi, loin des hommes et de leurs conflits, et comme en dehors du monde. Youssef n'avait pas bougé ses mains, mais il ne fatiguait pas. Il sentait des torrents d'énergie parcourir ses bras pour inonder les membres sans vie de Yesmena.

*
**

À un moment, un souffle imperceptible sembla animer les lèvres bleues, et une onde de chaleur courut sous la peau glacée. Yesmena battit des paupières, puis écarquilla les yeux, comme surprise de ce qui lui arrivait. Éperdu de gratitude en réalisant ce qui venait de se passer, Youssef lui fit un large sourire et embrassa ses petits doigts graciles, comme pour l'empêcher de partir à nouveau.

« Merci de m'avoir montré le chemin, Ô Maître ! » articula-t-il simplement, les joues baignées de larmes. Et il songea que, vraiment, les mystères de La Vie étaient insondables...

*
* *

Praxilas faisait les cent pas depuis des heures dans la salle des gardes de la prison, le teint pâle et l'âme torturée. Oui, à l'évidence, il aimait cette fille plus qu'il n'aurait pu le dire lui-même. Oui, la brute sanguinaire qu'il était se retrouvait désarmée par sa disparition. Le sacrifice de la jeune innocente l'aurait fait rire encore une semaine auparavant, et voilà qu'il en était pétrifié. L'objet de ses désirs avait montré une telle pureté, une telle abnégation dans l'amour, que s'ouvrait sous ses pieds comme un gouffre de sentiments inconnus.

Alors, le général éberlué vit soudain la frêle silhouette de Yesmena s'avancer dans l'embrasure de la porte. Cadavérique, ensanglantée, titubant à chaque pas, mais vivante ! Et belle, tellement belle...

Praxilas se jeta au sol, en pleurs :

« Merci Seigneur ! O merci ! Tu es mon Créateur et je suis ton humble serviteur ! »

Il baisait les pieds de la jeune fille, les mouillant de ses larmes, mais elle le repoussa vivement :

« Laisse-nous en paix, ma cité et moi ! Va-t'en avec tes soldats, et ne reviens plus. Homme-adolescent, qui ne conçoit que le pouvoir et la violence ! Homme-loup, qui prend pour proie ses propres frères ! Qu'Orphalèse reste à jamais en dehors de vos rêves de conquête, à toi et tes semblables ! »

On ne reconnaissait plus la frêle adolescente, et elle s'exprimait comme une reine. En vérité, on aurait plutôt dit une déesse revenue des Enfers pour donner ses ordres impérieux.

Comme un enfant pris en faute qui se fait sermonner, Praxilas se redressa et acquiesça en silence. Il voulut encore lui dire qu'il l'adorait, qu'il voulait l'emmener avec lui, mais Youssef apparut derrière elle, sortant de l'ombre, et c'était comme si le fantôme d'Almustafa lui-même revenait le hanter, lui reprochant la somme incalculable de ses erreurs.

Vaincu, retourné par le miracle auquel il venait d'assister, il quitta la prison sans un mot.

PLUSIEURS jours s'étaient écoulés depuis la lapidation de Karim et la résurrection de Yesmena, et l'on n'avait pas revu Praxilas. Même son second n'avait aucune nouvelle, et ignorait où il pouvait se cacher.

Le général avait bien changé. Il n'arborait plus son uniforme de pourpre et d'or, mais une simple cote de soldat. Il ne se rasait plus, et on eût dit que ses cheveux avaient brusquement blanchi depuis le miracle. Il passait ses journées dans la cabane de Youssef, à écouter des histoires sur Almustafa. Il savait toute la ville hostile à sa présence, et le navire étant réparé, il ne pouvait plus retarder son départ. Il n'avait donc que très peu de temps pour s'imprégner des enseignements du Bien-Aimé, pour lequel il s'était brusquement découvert une passion.

Au début, le disciple avait été réticent à l'idée de partager son savoir avec cet ennemi de toujours, qui avait pourchassé et tué tant de ses amis depuis deux décennies. Mais il accepta malgré tout, dans un premier temps, d'écouter l'histoire de Praxilas. Le général parla donc longuement de lui, comme il ne l'avait jamais fait. Il espérait que ce préambule, sans absoudre ses fautes, lui permettrait peut-être de justifier ses actions passées, et ouvrirait la confiance du disciple. Et ce fut comme une confession, prononcée lentement, à voix basse, le regard obstinément baissé vers le sol.

« Je suis issu d'une famille rurale pauvre, commençat-il. Mais j'ai toujours été plein d'ambition, et j'ai rejoint la grande ville la plus proche dès que cela fut possible. La carrière militaire était pour moi la solution idéale pour faire mon chemin dans le monde et effacer les traces de ma basse extraction. En effet, notre empire est gourmand, en expansion perpétuelle, et je compris vite que j'avais un don pour le commandement, qui allait me servir, de victoire en conquête, à me faire un nom, et à m'élever rapidement dans la hiérarchie et la société. Je suis donc devenu l'instrument de l'empire, le rassasiant de son appétit de nouveaux territoires, mais jamais pour longtemps.

« J'étais encore bien jeune lorsque je croisai la route d'Almustafa. J'avais en effet à peine vingt-cinq ans quand je reçus mon premier commandement en tant que général, et j'étais, je dois l'avouer, très nerveux et anxieux d'avoir pour la première fois plusieurs milliers d'hommes sous mes ordres.

« Étais-je dépassé par l'ampleur de la tâche ? Peut-être... Je cherchais en tout cas un moyen d'asseoir mon autorité sur les troupes.

« Était-ce notre destin ? Étions-nous les jouets de forces qui nous dépassaient ? Toujours est-il que l'affaire Almustafa tomba à point nommé pour servir mes plans.

« On avait entendu parler de cet homme étrange, que certains appelaient «prophète», jusque dans la capitale, et comme des masses populaires le suivaient toujours plus nombreuses, on me demanda d'enquêter sur lui, et d'agir en fonction de ce que je découvrirais...

« Notre nation n'a jamais porté les prêtres et les dieux en grande estime. Nous nous en servons au besoin pour pacifier les peuples conquis, mais à titre personnel, tu as pu le constater, je suis radicalement athée. Notre empire, depuis sa fondation, s'est construit sur les progrès de la raison et de la science. Ce sont nos savants qui nous ont donné notre supériorité militaire et le confort dans nos villes, que toutes les nations étrangères nous envient. Jusqu'à très récemment, et bien plus à l'époque, je considérais donc tout ce qui ressemblait à une religion comme étant un embrigadement sectaire, un poison qui rend fou.

« Par conséquent, même en rôdant non loin de lui pour le surveiller, je n'ai jamais prêté attention à ce que racontait Almustafa. Si j'ai été frappé par la taille des foules qui venaient l'écouter, pas une seconde je n'ai imaginé qu'il pouvait se passer quelque chose d'extraordinaire durant ces rassemblements. Je plaignais ces pauvres bougres qui se faisaient berner par un manipulateur égocentrique et assoiffé de pouvoir, qui avait certainement du charisme et des talents d'orateur, mais aucun lien direct avec une divinité quelconque.

« Cependant, les multitudes grandissaient autour de lui en même temps que son aura auprès du peuple, et je vis arriver le moment où de tels déplacements de populations ne pourraient pas aller sans heurts avec les villageois locaux, car entre deux réunions publiques, tous ces gens loin de chez eux cherchaient de quoi manger et des recoins pour dormir, sans en avoir forcément les moyens, et sans que les régions qu'ils traversaient puissent accueillir autant de monde !

« Quand les premiers vergers furent saccagés, et les premières fermes pillées, je me dis que nous en étions arrivés au point de rupture, en même temps qu'au faîte de la gloire du Prophète. Le moment était venu pour moi de mettre un terme à sa légende. Si j'y parvenais, quel retentissement cela aurait ! Ma réputation serait faite !

« Il nous fut facile d'infiltrer ces groupes disparates, et de provoquer des heurts, des dissensions et des violences en marge des rassemblements. Bientôt, des revendications politiques, des appels à la libération de notre joug, circulèrent dans l'assistance de ton Maître, s'amalgamant, puis se substituant à ses paroles de paix.

« Ce n'était alors plus qu'une question de jours avant que des troubles suffisamment graves n'éclatent et nécessitent l'intervention de mes troupes pour rétablir l'ordre. Le séditieux, connu de tous, était implicitement désigné, et j'arrêtai moi-même Almustafa avec l'assentiment de ma hiérarchie et de tous les potentats de la région, qui voyaient d'un mauvais œil la popularité croissante de ce va-nu-pieds qui remettait en cause leur légitimité même, en plus de semer le désordre.

« Le tribunal chargé de le juger était acquis à notre cause, et le condamna rapidement à la lapidation pour appel à la résistance et à la révolte contre nos forces.

« Aujourd'hui, je comprends l'étendue de mon erreur, qui ne pourra jamais être réparée. Ma bêtise a privé le monde d'une grande chance d'accès à une vérité, une sagesse, une illumination telles qu'il n'en a jamais connu jusqu'ici.

« Je suis au-delà de tout pardon, je le sais et ne te le demande pas. Mais je peux essayer d'atténuer l'impact de mes fautes : je veux passer le reste de mes jours à transmettre la lumière que j'ai tenté d'éteindre. Dis-moi ce que je dois faire pour devenir moi aussi un disciple du Bien-Aimé ! Enseigne-moi ! »

Youssef écouta le récit de Praxilas sans dire un mot, en pensant que s'il avait eu vingt ans de moins, il lui aurait certainement sauté à la gorge. Il ne pouvait pas croire qu'il avait face à lui l'homme qu'il avait le plus haï dans toute sa vie, celui qui avait tué ses rêves en même temps que son mentor, annihilé ses espoirs d'une humanité revivifiée par une vision de la spiritualité radicalement nouvelle.

Le vieil homme mit du temps à digérer tout ce qu'il avait entendu, et à trouver la bonne conduite à tenir. Mais comme toujours quand il était en proie à la colère et au doute, il se demanda ce qu'aurait fait Le Prophète en pareil cas. Évidemment, Almustafa n'aurait rejeté personne, fusse-t-il son bourreau. Il aurait pris le temps et les sourires nécessaires, trouvé les mots justes. Ses interlocuteurs, qu'il aurait tous traités de la même façon quelle que soit leur origine, seraient repartis éclairés, apaisés, et emplis d'une nouvelle vision d'espoir sur le monde.

Il contempla la grande carcasse qui pleurait à chaudes larmes devant lui, et c'était comme un barrage qui venait de céder, une main tendue que l'on ne pouvait manquer de saisir...

PENDANT les quelques jours qui suivirent, le vieux disciple tenta donc d'inculquer au général les grandes lignes de la vision de son maître sur la vie, la conscience humaine, l'unicité de tout ce qui est, la nécessité de passer outre les apparences pour accéder à la réalité invisible qui sous-tend le visible...

C'était bien sûr une tâche impossible en si peu de temps, mais la soif de Praxilas semblait inextinguible, et il acquiesçait systématiquement à tout ce qu'il recevait. Comme un jeune enfant en âge de découvrir le monde, il ne cessait de poser des questions sur les arcanes de l'univers :

« Pourquoi mourons-nous ? Et pourquoi y a-t-il tant de massacres ? Pourquoi la conscience divine sacrifie-t-elle tant de ses créatures ? demandait par exemple le soldat.

– Vois comme la nature mise tout sur le nombre, répondait le vieillard. Elle lance dans l'inconnu des milliers de progénitures pour que quelques-unes arrivent à l'âge adulte et se reproduisent, perpétuant leur race. Vois toutes ses tentatives avortées pour qu'enfin une fonctionne, plus chanceuse ou plus adaptée. Vois comment certaines espèces sont modifiées par leur environnement pour vivre, survivre encore et toujours, et mener la conscience dans les endroits les plus hostiles !

« La vie est un océan infini, qui pousse ses vagues sans relâche dans le monde pour qu'elles le découvrent, et pour qu'elles se connaissent elles-mêmes en le découvrant.

« Bien sûr, dans ce ressac incessant, des générations entières de créatures naissent et disparaissent de toutes les façons imaginables. Mais lorsqu'elles meurent et laissent leur enveloppe matérielle, la conscience qui les animait retourne à la grande réserve de la Conscience Unique, pour participer à la prochaine vague, aux prochaines générations de créatures, encore et encore, avec à chaque fois un peu plus de connaissances et d'amour pour tout ce qui est !

« Toutes ces épreuves et ces souffrances que nous traversons ne sont pas nécessaires, elles n'existent que parce que nous avons oublié que nous sommes tous co-créateurs de l'univers. Elles ne sont là que pour nous faire retrouver la mémoire. Mais nous mettons tant de vies à comprendre, nous sommes capables de répéter les mêmes erreurs tellement de fois... »

Ou encore :

« Pourquoi y a-t-il la guerre ? Qui a semé cette graine de discorde dans nos cœurs ?

– Tu as naturellement peur de ce que tu ne connais pas. Et ce que tu crains, tu essaies de le détruire, pour ne plus avoir peur. Nous sommes sur Terre pour découvrir comment dépasser ce réflexe primaire. Nous devons apprendre à aimer celui dont les opinions divergent des nôtres. Nous devons apprendre que la différence fait vivre la pensée. Nous avons un seul objectif commun, c'est la réalisation de l'âme humaine, du divin en nous, par l'acceptation inconditionnelle de l'autre, et par l'accroissement de nos connaissances mutuelles, qui mènent à la liberté, à la compassion, à la créativité.

« Ton ennemi et toi êtes comme la main gauche et la main droite d'un même corps, qui auraient enfilé des gants de couleurs différentes. Pendant toute votre vie, vous vous moquez de la couleur du gant de l'autre, l'un est en cuir, l'autre en laine, l'un est élimé, l'autre est une mitaine, que c'est risible ! Vous vous insultez, vous vous battez, vous tentez de vous éliminer par tous les moyens.

« Mais voilà qu'un jour vous quittez ce monde matériel et rejoignez la conscience universelle, laissant la peau des gants derrière vous. Enfin vous vous voyez tels que vous êtes, identiques en tous points, et faisant partie du même grand corps parfait !

« Vous vous embrassez alors en riant et vous exclamez : quelle belle comédie nous avons jouée, dans ce merveilleux théâtre conçu pour nous ! Quel rôle veux-tu jouer la prochaine fois ?

« La plupart des gens croient qu'ils ne sont que des gants, que l'on jette à la fin de l'existence parce qu'ils sont devenus inutilisables. Ils se désespèrent de cela ; ils ont oublié qu'ils sont la main, qui utilise tour à tour de multiples gants en fonction du savoir-faire, du savoir-être qu'elle veut perfectionner ! »

Pris par le feu de ses explications, Youssef eut soudain une idée. Il saisit vivement les pièces de vaisselle qu'il avait achetées chez Alhéna et Munir il y avait quelques semaines à peine, et cela semblait pourtant une éternité.

Il brandit un gobelet et une assiette sous les yeux du général :

« La volonté divine, c'est le potier ; la conscience, c'est l'argile ; l'ego humain, c'est la forme de l'objet modelé, qui fait dire au gobelet « je suis un gobelet, et pas une assiette ! »

« Tu es un gobelet, Praxilas, et jusqu'ici tu as détesté les assiettes. Dorénavant, tu dois penser d'abord et avant tout que tu es de l'argile, et que tout ce qui t'entoure est fait de la même argile que toi, absolument tout ce qui est : les autres hommes quelle que soit leur origine, les animaux, les végétaux, les minéraux, la Terre, les planètes, les étoiles... absolument tout !

« L'univers entier, c'est-à-dire Dieu, c'est-à-dire la Vie, n'est qu'un gros bloc d'argile qui se projette sans cesse dans des formes temporaires pour se connaître lui-même ! »

Effaré, le général se frottait les tempes en écarquillant les yeux, essayant de saisir quelques bribes de ce qu'on lui disait...

L E jeune Mustapha montait le raidillon qui menait à la cabane de Youssef avec nervosité et inquiétude, ce qui ne lui ressemblait pas.

Depuis la nuit où il avait fait diversion avec sa bande de copains pour permettre à Almitra de quitter la ville, il avait dû vivre sans sa présence rassurante pour la première fois. Il avait donc passé plusieurs jours seuls, s'occupant de sa grand-mère Nedjma, et il semblait que ces épreuves, ces responsabilités nouvelles, en faisant rentrer brutalement le monde inepte des adultes dans son esprit d'enfant, l'avait fait mûrir d'un coup. Ses traits s'étaient durcis, et il paraissait même plus grand, presque un adolescent déjà, avec un regard grave, empli de compréhensions nouvelles.

Pendant la révolte et les combats de rue, il avait tenté de protéger la maison en obturant les ouvertures avec ce qu'il trouvait, barricadant la porte à l'aide d'un amoncellement de meubles. Toutes ces précautions s'étaient finalement révélées inutiles, car la violence de la bataille ne s'était jamais approchée de leur quartier, et ne leur avait coûté que quelques heures d'angoisse et d'incertitude.

Puis sa mère avait enfin pu regagner Orphalèse, à la faveur du désordre général qui avait suivi l'exécution de Karim, et elle avait immédiatement repris les choses en main. Revenant de la montagne avec d'autres fuyards qui avaient renoncé à toute velléité de se battre, elle avait constaté les traces laissées par les assauts, tant sur les façades que dans les esprits et les corps humains. Nombreux en effet étaient les morts, certes, mais aussi les blessés dont il fallait s'occuper de toute urgence. Ceux qui n'avaient pas été recueillis par leur famille avaient été rassemblés dans quelques bâtiments publics, et particulièrement dans le Temple, qui entendait redorer sa réputation ternie par l'attitude plus que contestable du Vénérable.

Pendant ce temps, dans un souci d'apaisement, et en l'absence de Praxilas dont on était sans nouvelles depuis « le miracle », les troupes étrangères s'étaient faites discrètes, et avaient concentré leurs efforts à remettre leur navire à l'eau et à préparer un départ dans les plus brefs délais. On n'attendait plus désormais que le retour du général en chef pour lever l'ancre.

En arrivant devant la maison, l'enfant aperçut le disciple assis sur le pas de la porte, en grande conversation avec un inconnu à la triste mine. Les deux hommes s'interrompirent à son approche.

« Tiens, mon ami Mustapha, dit Youssef avec un grand sourire. Que viens-tu faire jusqu'ici ?

– Ma mère va bien, si cela vous intéresse, répondit l'enfant avec un air de reproche. Elle est avec les médecins et les prêtres, débordés par le nombre des victimes, et m'a envoyé vous chercher car votre aide serait plus que bienvenue ! Où étiez-vous donc passé ? Pourquoi nous avoir laissé quand on a le plus besoin de vous ?

– J'ai rencontré une âme en détresse, qui m'a accaparé, dit Youssef gêné. Je te présente le général Praxilas, qui est la cause de tous les tourments de la cité... »

Malgré cette présentation peu flatteuse, le militaire tendit une main amicale au jeune garçon pour tenter d'initier un contact, mais Mustapha ne broncha pas.

« Vous aussi êtes attendu impatiemment, lâcha-t-il simplement en croisant les bras. Votre vaisseau est dans la rade, et vous seul manquez à l'appel. Il me semble que l'heure de votre départ n'a déjà été que trop retardée. »

Praxilas jeta alors au vieillard un regard qui, à la grande surprise de Mustapha, semblait empreint de désespoir. Mais que s'était-il passé entre ces deux-là ? Que s'étaient-ils raconté ?

« Le petit a raison, admit Youssef. Si vous restez plus longtemps, de nouvelles violences vont éclater, et vous n'aurez pas l'avantage cette fois. Il vaut mieux pour tout le monde que nous en restions là. »

Les hommes se levèrent, et le plus vieux s'appuyant sur l'épaule de l'enfant à cause de ses jambes doulou-reuses, l'étrange petit groupe se mit lentement en route pour redescendre vers la ville.

.

L E navire avait quitté le bassin de radoub, et flottait mollement dans la rade d'Orphalèse, prêt à partir. On voyait encore de nombreuses marques des combats qu'il avait dû livrer contre les éléments, mais il avait bien plus fière allure qu'à son arrivée, et pourrait regagner son port d'attache sans encombre. Les marins et soldats ennemis étaient tous à bord, et attendaient que leur général les rejoigne enfin pour larguer les amarres.

Au moment d'embarquer, Praxilas prit le bras de Youssef, et sa voix tremblait quand il dit :

« Maître, je ne sais comment te remercier... Tu as donné un sens à ma vie. »

Le vieux eut un geste agacé :

« Ne m'appelle pas maître, car je t'ai répété les paroles d'un autre. Et ne me remercie pas non plus, je n'ai fait que partager mon ignorance avec toi !

– Mais je me sens perdu à présent. J'étais une bête, je ne me nourrissais que de sang, et me voilà comme un petit enfant qui vient de naître et qui voit le monde avec des yeux neufs. Dis-moi encore, que devrai-je faire désormais ?

– Tu veux changer le monde ? Répandre partout le message de sagesse et de lumière d'Almustafa ? Alors change simplement ta façon de voir les choses. Ce sont tes pensées qui créent tout ce que tu expérimentes, et le monde n'est que la somme des aspirations et des peurs de toutes les créatures qu'il abrite. Si tu veux que le meilleur advienne, chasse la peur et l'exclusion de ton esprit ; fais en sorte que tout ce qui sort de toi, tes gestes, tes paroles, et même tes désirs les plus intimes, soient toujours des plus élevés. Car tout ce qui part de toi vogue vers ce qui t'entoure, le colore et le modifie, puis te revient en écho, sous la forme de bienfaits ou de malheurs, selon ce que tu as généré...

« Tu veux faire le bien ? Alors vis dans ta chair que la Conscience Divine imprègne tout, et que par conséquent, Elle est le bien inné en tout. L'essence même du bien, c'est d'être véritablement uni avec tout dans la connaissance, l'amour et le service... »

Le guerrier regarda Youssef avec les yeux vides de celui qui ne comprenait pas. Le vieux posa sa main sur la forte épaule avec compassion, comme un père bénit un fils indigne qui quitte définitivement la maison. Alors lui revinrent en mémoire des paroles du Prophète, et il les prononça à haute voix :

> « A celui qui a faim, donne du pain
> Car le pain est son dieu.
>
> A celui qui a soif, donne de l'eau
> Car l'eau est sa déesse.
>
> Au malheureux rend le sourire,
> Car la joie est son espérance.
>
> Au mal-aimé, donne ton amitié
> Car elle est pour lui un trésor inaccessible.
>
> Au malade rend la santé,
> Car elle est comme la lumière d'une chan-
> delle,

Le seul guide au fond de sa nuit.

Je te le dis en vérité
Il n'est pas prêt à entendre le chant du monde
Celui qui n'est pas rassasié
De ses propres dieux.

Alors donne avec foi,
Donne avec humilité,
Partage avec dignité,
Partage avec joie ! »

*
* *

Quand le lieutenant accueillit son chef à bord, il eut du mal à le reconnaître. Il ne l'avait pas vu depuis plusieurs jours, et ne pouvait se douter des révolutions intérieures qu'il était en train de traverser. Après l'avoir salué comme le veulent les usages militaires, l'officier ne put s'empêcher une moue désapprobatrice. En se retournant sur le quai, il découvrit une scène qui le laissa pantois.

Que le disciple d'Almustafa fût présent pour fêter le départ de son ennemi juré pouvait se comprendre, mais qu'il le saluât en souriant sereinement, avec une marque de paix et d'affection, dépassait l'entendement. Le lieutenant croisa le regard du vieillard un instant, et en trembla sur ses bases. Comment une telle force pouvait-elle émaner d'un être si frêle, si proche du tombeau ? De quels étranges pouvoirs était-il doté pour avoir transformé si facilement le chien de guerre Praxilas en une épave inapte au combat ?

Ce n'est que lorsque la silhouette du navire remis à neuf eût disparu à l'horizon que tout le peuple d'Orphalèse put laisser éclater bruyamment sa joie, le bonheur de la paix et de la liberté retrouvées, même si chacun était conscient qu'il faudrait beaucoup de temps pour panser les blessures, car nombreuses étaient les familles qui pleuraient les jeunes perdus dans la bataille.

Youssef, cependant, restait perplexe. Il venait de laisser partir un homme qui allait répéter ce qu'il avait compris des paroles du Prophète. Il serait désormais considéré lui aussi comme un disciple du Bien-Aimé, mais un disciple qui avait à peine connu l'homme, et qui en tout cas n'avait pas été choisi par lui, n'avait jamais vécu avec lui. En caressant pensivement sa barbe blanche, l'éternel errant se demanda ce que ses enseignements, à peine ébauchés, pourraient bien devenir dans la bouche de son ancien tortionnaire...

Epilogue

Praxilas et son armée étaient repartis depuis bientôt trois semaines, et Yesmena se remettait lentement de ses blessures, en même temps que la cité d'Orphalèse. Les derniers rebelles qui s'étaient réfugiés dans la montagne étaient maintenant tous redescendus en ville, et aidaient à sa reconstruction.

Sur les conseils de Youssef, la fille de l'édile s'était installée chez Almitra, dont la science des onguents, des huiles de soin et des herbes curatives était connue de tous, et aiderait la miraculée à recouvrer la santé.

Le disciple espérait aussi que les longues conversations entre les deux femmes effaceraient peu à peu le traumatisme de la perte de Karim, son amant mis à mort dans les conditions horribles de la lapidation.

Chaque jour, Almitra apportait les nouvelles à sa patiente. Elles contenaient toujours leur lot de surprises, car le visage d'Orphalèse changeait rapidement, en réaction aux événements dramatiques que la ville venait de traverser.

Ainsi, dès que le sombre navire ennemi eut disparu des regards, la colère de la foule s'était retournée contre l'édile Zaïn, dont la milice avait participé au massacre des jeunes révoltés, et dont la soumission aux volontés ennemies était apparue évidente lors du déroulement de l'exécution publique.

Les habitants se sentaient bien sûr coupables de s'être laissé entraîner dans cette folie, mais le sentiment général était qu'ils avaient été bernés par l'édile et par le Vénérable, qui leur avaient embrouillé le cerveau, si bien qu'ils n'étaient pas vraiment responsables de leurs actes.

De l'avis de tous, après ce qui s'était passé, Zaïn ne pouvait rester l'édile de la cité. On se rendit compte, tout à coup, qu'il occupait le poste depuis plusieurs décennies, et que l'heure du changement était venue. On forma des groupes qui le cherchèrent inlassablement pour le pousser à la démission, voire pour lui demander des comptes *manu militari*, en quadrillant la cité rue par rue, maison par maison. Mais au bout de plusieurs jours, Zaïn restait toujours introuvable. Les mauvaises langues prétendirent que pour échapper à son destin, il avait fui dans la montagne, prenant ainsi la place des révoltés qu'il avait aidé à combattre.

Les plus vindicatifs, dont les esprits échauffés ne se calmaient pas, suggérèrent qu'on investisse sa maison, et qu'on la pille en représailles. L'ire de ceux qui pénétrèrent dans l'imposante bâtisse ne fut qu'amplifiée par l'accumulation des richesses qu'ils y découvrirent. Objets précieux, tapisseries, vaisselles fines, mobiliers de luxe, tout respirait la plus grande aisance, et un confort auquel aucun habitant n'avait jamais eu accès ! Non, décidément, l'édile Zaïn n'était pas le chantre de vertu qu'ils croyaient avoir élu, et le saccage systématique de chaque pièce de la maison rassasia à peine leur soif de justice.

Sur ordre du conseil municipal, la milice fut dissoute, et l'on vota, pour la remplacer, la création d'une police basée sur la conscription des jeunes garçons de la ville à leur majorité, pour une période d'une année renouvelable en cas de besoin, financée non plus par la fortune de quelques gros propriétaires, mais par les impôts de tous les habitants.

Dans le même temps, un drame s'était joué dans le temple, à l'insu de tous : un novice avait découvert le corps sans vie du Vénérable dans son lit, baignant dans une mare de sang. On dit que le poids du remords était devenu insupportable, et qu'il avait préféré s'ouvrir les veines plutôt que d'avoir à affronter les regards de ses paroissiens. Menée par sa main vieillissante, la conduite du Temple avait été plus que critiquable vis-à-vis de l'occupant, et les derniers fidèles de La Loi désertaient ses colonnades.

Cependant, malgré la colère suscitée par son père, Yesmena était devenue une héroïne populaire, car elle n'avait pas hésité à mettre sa vie en danger par amour. Après le miracle dont elle avait bénéficié, suivi du départ des occupants, on la considérait maintenant presque comme une sainte, à qui les habitants attribuaient la libération de la ville. De plus, la fin tragique de son histoire avec Karim alimentait toutes les conversations, participait à sa légende ; on se répétait les mots qu'elle avait eu alors, juste avant l'exécution, et l'on vantait son attitude pleine de la noblesse et de l'abnégation qui faisaient défaut à Zaïn.

Tant et si bien qu'un beau matin, Almitra entra en trombe dans la chambre de la jeune fille :

« Le Conseil Municipal a prévu d'organiser une fête en votre honneur d'ici quelques jours, dès que vous serez complètement remise ! » annonça-t-elle triomphante, certaine que cela mettrait un peu de baume au cœur de sa patiente.

Yesmena tordit le nez, comme dégoûtée à l'idée d'avoir à retourner dans le monde.

« Je n'ai vraiment pas l'esprit à des célébrations..., dit-elle avec lassitude.

– Je vous comprends, et ce sera difficile au début, sans doute, répondit Almitra. Mais il vous faudra bien sortir un jour, sous peine de vous enfoncer dans une dépression mortifère dont vous ne pourriez plus sortir ! »

La convalescente acquiesça de mauvais gré.

« J'ai eu le temps de réfléchir, pendant toutes ces journées d'inaction, rétorqua-elle, et une idée me trotte dans la tête. Jamais une femme n'a été édile d'Orphalèse, mais les mentalités changent. Je suis sûre que le Conseil serait prêt à me laisser les clefs du palais municipal, à cause de ma notoriété soudaine, et du renom politique de ma famille. Mais je ne suis encore qu'une enfant, et ne suis pas taillée pour ce rôle. Par contre, si le temps des femmes est venu, nous nous devons de ne pas le laisser passer, et vous seriez une candidate parfaite ! »

Almitra ne put s'empêcher de pouffer, tant cette proposition lui paraissait saugrenue. Mais la jeune fille ne souriait pas, et continuait de la dévisager avec son regard pénétrant, qui pouvait devenir dérangeant à la longue :

« N'avez-vous pas suffisamment d'expérience dans les affaires de la ville ? Et n'êtes-vous pas appréciée de tous ? Vous seule susciteriez le respect de l'ensemble du Conseil pour mener à bien les réformes nécessaires à l'évolution de la cité, dans la paix, l'équité, et l'écoute de tous ! Ne pensez-vous pas que nous ayons besoin d'une longue période de sérénité ? »

Alors l'ancienne voyante du temple comprit qu'il ne s'agissait pas d'une plaisanterie, et fronça les sourcils pour montrer le plus grand sérieux.

« Je vais y réfléchir... » , finit-elle par promettre.

« Levez-vous, femmes, cria soudain la vieille Nedjma

à l'autre bout de la pièce, et reprenez le monde des mains des hommes, qui l'ont mené à l'errance et au chaos ! »

Yesmena et Almitra se regardèrent, interloquées, puis éclatèrent de rire. Et si l'aïeule, au final, ne perdait pas une miette de ce qui se passait sous son toit ?

*
* *

L'enfant et le vieillard regardaient l'océan se briser sur les rochers en contrebas. Assis l'un à côté de l'autre au bord de la falaise, ils se laissaient bercer par le grondement doux et grave du ressac.

Mustapha posa sa main sur le bras du disciple, en signe d'affection, et le regarda dans les yeux :

« Toi qui voulais raconter la vie du Prophète, et retranscrire ses paroles, combien de pages as-tu écrites ?

– Hélas, pas un mot encore ! Je ne sais pas comment commencer. Je suppose que je suis écrasé par l'ampleur de la tâche...

– C'est mieux ainsi, je crois. Ses paraboles étaient tracées dans le sable. Laisse le vent les emporter et la mer les effacer. Ainsi, elles ne seront pas figées, ou pire, déformées par la langueur des siècles à venir. »

L'homme à barbe blanche regarda le gamin en fronçant le sourcil :

« Qui es-tu, jeune pousse, pour proférer de telles insanités ? »

Mais l'enfant continua sur sa lancée :

« En vérité, Youssef, mon frère, par-delà les espaces sans limites, une mère m'a porté de nouveau. Je suis de retour !

– Que dis-tu ?

– Cherchais-tu un fantôme en venant dans cette ville où je vécus jadis ? Voulais-tu déterrer un cadavre ? Ne savais-tu pas au fond de toi que j'étais bien vivant ? »

Incrédule, Youssef scruta le regard de l'enfant pendant un long moment. Et il sut qu'en vérité, le Prophète était revenu. Il ne put contenir ses larmes en embrassant le garçon.

Du même auteur

Incarnations

Broché ou Ebook, 380 pages
Paru en mai 2011
ISBN : 978-2-7466333-4-6

Et si nos vies « antérieures » se déroulaient en fait toutes en même temps ?

Et si, en corrigeant l'une, on améliorait toutes les autres ?

Haziel est un ange d'exception, envoyé régulièrement sur Terre par Le Patron pour protéger l'humanité de ses tendances autodestructrices. Mais un incident imprévu l'oblige à rester prisonnier de la matière pour une durée indéterminée, dans un corps pesant et incommode.

Soupçonné d'entreprise terroriste par un commissaire de choc qui veut le faire craquer psychologiquement, il est enfermé dans un asile d'aliénés. Il y rencontrera Viviane, une psychiatre à laquelle il est plus lié qu'il ne le pense de prime abord, et ce depuis plusieurs millénaires !

Malek, lui, est un ange déchu, condamné pour insubordination à vivre dans la matière pour l'éternité. Immortel, il se promène au milieu des hommes depuis l'aube de l'Histoire, étendant peu à peu un empire invisible visant à prendre le contrôle de la Terre.

Du *Big-Bang* à la structure de l'ADN, du pharaon Akhenaton à Jimi Hendrix, d'Alexandre à Bonaparte, d'une oasis en plein désert à la Place de la Concorde, de voitures piégées en virus mortels, les protagonistes de ce conte moderne sont pris dans une aventure foisonnante comme la vie elle-même, où magie et réalité se mêlent intimement pour finalement revenir à deux questions fondamentales : qui a créé l'Homme ? Et pourquoi ?

Un voyage qui ne ressemble à aucun autre, à la fois roman historique, thriller et divertissement philosophique !

Extrait

« Il me donne du souci, votre pèlerin, commissaire... » dit nerveusement le professeur Billand en relisant pour la dixième fois quelques feuillets qui perdaient peu à peu leur superbe sous les doigts agités. Il ne cessait de remettre en place de petites lunettes cerclées de métal qui glissaient sur son nez. Son bureau de La Salpêtrière était d'un bleu blafard, misérablement éclairé par quelques néons et par les visionneuses de radios sur un mur. De l'autre côté de la porte, provenant du couloir, filtraient les bruits incessants de la ruche hospitalière en vitesse de croisière.

« Pourquoi ? s'inquiéta, assis face à lui, le commissaire Lelubre en haussant le sourcil. Il va y passer ?

– Non, non, rassurez-vous... il va plutôt bien. On peut même dire qu'il se remet étonnamment rapidement. Mais en l'examinant, on a trouvé des éléments... qui sans être vraiment pathologiques sont... inhabituels. Troublants, plutôt. Disons que selon nos connaissances actuelles, qui quoique limitées, sont grandes, je vous l'assure...

– Et bien... au fait !

– Hum... et bien cet homme ne peut pas exister ! »

Lelubre eut un éclat de rire. La faculté qu'avaient les toubibs à noyer le poisson était proprement stupéfiante. En vingt ans de métier, il ne s'y était pas encore fait.

« Quand les pompiers vous l'ont amené, tout à l'heure, il me paraissait faire un candidat à la morgue tout à fait

181

crédible, en tout cas ! » sourit-il au professeur embarrassé.
Il lui en fallait plus pour l'impressionner, lui l'homme de
terrain, le « Terminator » comme l'appelaient ses collègues
avec un brin de respect. C'était d'ailleurs la raison pour
laquelle on l'envoyait toujours sur les attentats dans la
capitale : il savait garder la tête froide au milieu de l'enfer.

Une grosse quarantaine athlétique, quoique légèrement
trapue et bedonnante, la mâchoire carrée, le cheveu ras
et grisonnant, il avait baladé depuis deux décennies son
éternel imper marron sur tous les théâtres d'atrocités de
la capitale, terroristes ou accidentelles. Autant dire que ce
qu'il avait vu le matin même n'avait hélas rien d'extraordinaire, même si une voiture piégée à Paris n'est pas le lot
quotidien.

« Alors, qu'est-ce qu'il a de particulier ?

– En fait, c'est comme s'il était né hier ! Tout est neuf,
chez lui, sans aucune marque de vieillissement. Tout d'a-
bord, il n'a pas de poils. Excepté les cheveux, les cils et
les sourcils, l'ensemble de son corps est complètement
glabre !

– Mouais... c'est étonnant, mais c'est possible, non ?

– Attendez, il y a ses dents aussi. Elles sont parfaites :
bien plantées, symétrie impeccable, sans caries, d'une blan-
cheur immaculée. Je vous garantie qu'elles n'ont jamais
été touchées par un dentiste ! Comme si elles venaient de
pousser...

– OK, ça aussi c'est rare, mais c'est concevable. Il a
de la chance, c'est tout !

– D'accord, admettons. Mais je vous ai gardé le meilleur pour la fin ! »

Le professeur souriait presque à présent, il avait su
ménager le suspens jusqu'au bout et pouvait décocher sa
dernière bizarrerie, celle qui l'avait interloqué quelques
instants auparavant, pendant l'examen de l'étrange patient

venu de nulle part :

« Il n'a pas de nombril !

– Vous voulez dire qu'il a été emporté dans l'explosion ?

– Non, non, son ventre est intact. Simplement il n'a pas de nombril. Il n'a jamais été relié à sa mère par un cordon ombilical ! »

Le commissaire resta bouche bée un temps en dévisageant son interlocuteur.

« Et vous me dites ça comme ça ? s'insurgea-t-il enfin.

– Je ne pensais pas que ce détail, pour original qu'il fût, pouvait orienter un tant soit peu votre enquête. Cet homme constitue plutôt une énigme scientifique que policière...

– Excusez-moi, docteur, mais je suis seul juge de ce qui est important ou non dans mes enquêtes ! Et j'ai la faiblesse de croire qu'un homme sans nombril retrouvé sur le théâtre d'un attentat à la bombe en a forcément très lourd sur la conscience ! Et tout d'abord, qu'essayez-vous de me faire avaler, là ? Qu'il n'est pas né par des moyens naturels ?

– Je ne sais pas... j'essaie justement d'envisager des possibilités...

– De la chirurgie esthétique ?

– Non, non, il y aurait des marques, des cicatrices... Je l'ai examiné sous toutes les coutures, c'est le cas de le dire, et il n'a jamais été opéré.

– C'est le genre de chose qu'on peut effacer au laser, non ?

– Pas à ma connaissance, mais quand bien même, à supposer qu'une telle opération ait une utilité, il resterait toujours une trace, aussi infime soi-elle !

– Ne me dites pas que c'est un extra-terrestre ! »

Le professeur Billand ôta ses lunettes et s'épongea le front avec un mouchoir en papier.

« Je dois dire que l'idée m'a traversé l'esprit un moment, à ma grande honte. J'ai aussitôt fait des prélèvements cellulaires sur ses cheveux, sa peau, son sang, qui après analyse se sont révélés tout à fait normaux. La seule chose que je puisse vous certifier, commissaire, c'est que ce type est bien un être humain, comme vous et moi.

– Merde, me voilà rassuré ! dit l'autre ironiquement. C'est quoi, alors ? Un clone, un bébé éprouvette ou un truc du style ?... Je ne sais pas, moi, un mutant transgénique ?

– Ne soyez pas ridicule, monsieur le commissaire, vous mélangez tout. »

L'homme de science se raidit. Il ne supportait pas qu'on prenne à la gaudriole les progrès philosophiques et technologiques que représentaient les recherches en génétique et le décryptage du génome humain.

« Quoiqu'il en soit, reprit Lelubre, comment expliquez-vous ce phénomène ? Si je comprends bien, il ne serait pas un mammifère ? Il serait plutôt sorti d'un œIJuf, une sorte d'homme poisson, ou d'homme oiseau ? Vous imaginez les titres dans les journaux : *L'invasion des moineaux mutants ! Méfiez-vous, ils portent des jeans et des baskets !* »

L'hilarité du commissaire n'était pas du tout communicative, et c'est avec le plus grand sérieux que le professeur en médecine entendait poursuivre l'entretien :

« A vrai dire, je n'ai jamais pensé à un ovipare, mais l'idée d'un marsupial m'a effleuré l'esprit, je l'avoue : on aurait copié le mode de reproduction du koala ou du kangourou pour cultiver des embryons humains et les faire croître dans des matrices artificielles. A ma connaissance, aucune équipe au monde n'a réussi à cloner un être humain. Tous les essais, pour la plupart illégaux d'ailleurs, ont lamentablement échoué pour des raisons encore inconnues. Personne n'a encore la technologie nécessaire... mais allez savoir où ils en étaient de l'autre côté du rideau de fer, avant que tout ne pète ? »

Lelubre se gratta la joue, songeur :

« Un coup des Russes, hein ?

– J'ai entendu dire qu'en Ukraine ou en Ouzbékistan, ils avaient dissimulé des laboratoires ultramodernes dans des complexes de centrales nucléaires, pour travailler plus discrètement ! »

L'officier de police s'enfonça le pouce et l'index dans les yeux et frotta très fort. Il resta quelques instants dans cette position, signe d'une intense méditation, ou d'une lassitude soudaine.

« Si je comprends bien, finit-il par résumer, vous me laissez le choix entre un kangourou géant et un clone ouzbek, c'est ça ? »

Billand lui montra ses mains, paumes vers le ciel, et haussa les épaules. Il n'avait visiblement rien trouvé de mieux pour l'instant. La journée de Lelubre était commencée depuis une éternité, et elle risquait d'être encore fort longue si on la parsemait régulièrement d'olibrius de cette pointure. Ne comptez pas sur la science, se morigéna-t-il. Elle vous lâche toujours quand vous en avez vraiment besoin...

Il regarda l'homme en blouse blanche avec des yeux vides, fit une petite moue qui en disait long sur ses discours intérieurs, se gratta le front, et se leva de sa chaise.

« On peut le voir, votre phénomène ? » lâcha-t-il enfin.

En entrant dans la chambre de l'inconnu, le commissaire ne put s'empêcher de noter l'abondance d'appareils de toutes sortes qui entouraient son lit, et qui corroboraient la thèse selon laquelle l'homme était un cas médical.

Le professeur pénétra dans la pièce à sa suite et, avisant une plantureuse infirmière qui relevait des informations sur les machines, lui demanda des nouvelles du patient :

« Alors, comment est-il ?

– Très beau garçon ! » répondit-elle avec malice.

Elle échangea avec Billand un regard un peu trop appuyé pour être innocent, qui en disait long sur l'intimité des deux lascars. En grand connaisseur de la nature humaine, Lelubre nota la chose avec indifférence, et se dit en détaillant la jeune femme que le corps médical pouvait être fort appétissant, et que les pauses-cafés de Billand devaient être bien occupées.

« Ce n'est pas ce qu'on vous demande, mon petit, s'impatienta-t-il tout de même.

– En parfait état, docteur. Toutes ses constantes sont revenues à la normale. Il est pour ainsi dire guéri !

– En si peu de temps, c'est remarquable ! »

Le commissaire s'était rapproché du lit, et son regard allait alternativement du dossier qu'il tenait ouvert à l'homme inconscient étendu devant lui.

« Blond, yeux bleus, un mètre quatre-vingt cinq au bas mot, musclé... baraqué même... pas un poil de graisse... C'est un athlète, votre extra-terrestre ! dit-il en regardant le professeur, qui ne releva pas la pique. Le type slave... Ça pourrait être une nageuse Est-allemande. »

Il avait insisté sur le « ça ».

Puis, notant les reliefs que dessinait le corps sous les draps, il devint songeur.

« Dites-moi, un clone ne devrait pas avoir besoin de sexe pour se reproduire, non ? Celui-ci m'a pourtant l'air bien pourvu de ce côté-là !

– Si je puis me permettre, monsieur le commissaire, intervint l'infirmière, c'est moi qui ait fait sa toilette tout à l'heure. Une toilette complète, si vous voyez ce que je veux dire... et bien et je peux vous assurer qu'il est en parfait état de marche pour ça aussi !

– Mais enfin, Catherine, tu... vous êtes une vraie obsédée ! s'écria Billand en rougissant brusquement.

– Je vous remercie de ce détail, mademoiselle, dit Lelubre en souriant. Il sera versé au dossier ! »

Il s'amusait vraiment, maintenant, et sa visite à l'hôpital prenait une toute autre tournure : Billand semblait avoir grandement sous-estimé les appétits de sa collègue !

Soudain, un murmure plaintif sortit de la bouche de l'inconnu, qui commençait à bouger et à battre des paupières. L'homme se réveillait. Aussitôt, tel un prédateur, le commissaire fut sur lui :

« Vous m'entendez ? Qui êtes-vous ? Comment vous appelez-vous ? D'où venez-vous ?

– Vous êtes fou ? Laissez-le respirer ! »

Le professeur lui empoigna le bras pour l'éloigner de son patient. Celui-ci regarda lentement autour de lui, sans comprendre ce qui lui arrivait.

« Ha... azi... el... » prononça-t-il faiblement avant de retomber dans l'inconscience.

« Qu'est-ce qu'il a dit, là ? Asile, c'est ça ? Ce salopard demande asile, c'est bien ça ? »

Billand et Catherine le regardèrent en signifiant qu'ils ne pouvaient pas l'aider. Ils n'avaient pas entendu, ne pouvaient jurer de rien.

En sortant de l'hôpital, Lelubre saisit son téléphone portable.

« Allo, Denis ? Tu te souviens du gars qu'on a ramassé devant l'ambassade tout à l'heure ? Dès qu'il ouvre un œil, tu le fous en cabane. A mon avis, c'est lui qui a mis la bombe, il est louche ce mec. C'est un étranger, en plus : il m'a demandé l'asile politique avec un accent bizarre... Ça ne m'étonnerait pas que ce soit un ancien du KGB qui travaille pour la mafia russe...

    – *Mais pourquoi il s'est précipité sur la bagnole, alors ?*

    – Je ne sais pas... Sans doute un idéaliste qui ne voulait pas faire de victime. Il a dû voir la nana sortir, aura voulu la prévenir, et ça lui a pété à la figure...

    – *Quel con !*

    – Tu sais, les Russes, c'est pas des flèches... »

Conception graphique :
Les Éclosions Asynchrones Studio

ISBN 978-2-9556679-1-0

Dépôt légal : mai 2016

www.ingramcontent.com/pod-product-compliance
Lightning Source LLC
Chambersburg PA
CBHW071233130626
46556CB00003B/989

* 9 7 8 2 9 5 5 6 6 7 9 1 0 *